楼兰

[日] 井上靖 著

赵峻 译

北 京 出 版 集 团

北京十月文艺出版社

新经典文化股份有限公司
www.readinglife.com
出　品

目录

楼兰

一

从前，西域有个小国叫楼兰。历史上，楼兰国的名字出现是在公元前 130 年至前 120 年，消失则是在公元前 77 年。也就是说，历史上，楼兰国存在前后不过短短五十年，距今已有两千余年。

将楼兰介绍给世人的是著名探险家张骞，他在汉武帝时出使西域，后被封为“博望侯”。西域地区大部分在今中国新疆维吾尔自治区境内，当时是汉地西北部的大漠，所谓胡人聚居的胡地，属异族地区，成为东西文化交流的走廊、形成所谓的丝绸之路是在许久之后。

汉武帝时，还没有人胆敢踏进这片大漠。人们不知道沙漠究竟有多大，也不知道那里住着什么样的民族，有着什么样的国家。

汉武帝派张骞出使西域并非出于对那片未知土地的好奇，而是因为那片未知大漠的另一端，有个叫“大月氏”的大国，汉武帝想与其联合，攻打凭借强大势力一直威胁汉的匈奴。汉自高祖以来五十余年间，不断下嫁公主到匈奴，赠送钱币、丝绸，允许通商，但匈奴的侵略从未停止。

汉的历代天子均对匈奴的掠夺束手无策。匈奴是游牧民族，在北方地区流转，一度猖獗于西伯利亚至中亚地区之间，生性凶暴彪悍，屡屡伺机南下进犯汉地边境。或有无饥馑灾荒之年，却无一年没有与匈奴的战斗。可以说，汉的兵马在与匈奴的战斗中损失殆尽。武帝初次讨伐匈奴时，俘虏中有一胡人说：“匈奴破月氏，以月氏王头颅做酒器，月氏对匈奴恨之入骨，但无人与他们合力攻打匈奴，无可奈何。”闻此言，武帝欲向大月氏派遣使者，商讨共同讨伐匈奴之事。武帝招募使者前往大月氏，张骞挺身而出。公元前139年，张骞率曾为匈奴奴隶的百余人由陇西郡入胡地，回到汉地已是十三年后，百余随从中与他一起重返故土的只剩一人。张骞在途中被匈奴俘虏，虚度十余年后伺机逃跑，穿越沙漠，终于到达大月氏，完成了使者的使命。可回国途中他又被匈奴抓住，趁其内乱逃了出来，终于回到故土。

元朔五年（公元前124年），张骞入都城长安，向武帝奏报沿途所经西域各国的风土、民情、物产等情况。

此时，楼兰才和且末、于阗、莎车、焉耆、轮台、龟兹、疏勒等沙漠诸国一起首次出现在史书上。依照《汉书·西域传》的介绍，西域本三十六国，其后分，多时五十余国，皆在匈奴之西，乌孙之南。南北有天山、昆仑山横亘，中央有塔里木河流淌，东西六千余里，南北千余里，东以玉门关、阳关接汉，西至帕米尔高原。

总之，西域周围是天山、昆仑山和帕米尔高原，中间形成塔克拉玛干沙漠，沙漠周围散落着各个小国，语言、风俗、肤色各不相同的民族在此杂居。武帝之前，西域与中原也有交往，但都是民间往来。国与国之间的交流始于武帝时期。

一出玉门关、阳关便是广袤的沙漠。穿越沙漠有罗布泊湖，当时汉人称之为“蒲昌海”或“盐泽”。那时的罗布泊湖比现在大好几倍，与其叫“湖”不如称“海”更合适，水里含盐量很高，湖水汹涌。罗布泊湖离玉门关、阳关三百余里，塔克拉玛干沙漠中最大的河流塔里木河就汇入这里。

罗布泊湖西北岸最靠近汉地的就是楼兰。从汉地通往西域的道路在楼兰分为两条：一条往南，沿昆仑山脉北麓西行；一条往北，沿天山山脉南麓西行。楼兰以南有且末、于阗、莎车、疏勒等国，过月氏往北经姑师、焉耆、轮台、龟兹等国，能到乌孙、大宛等国。所以，无论取道南路还是北路，楼兰都是中原通往西域诸国的必经之路。

《汉书·西域传》中关于楼兰的后身鄯善国有所记载：“户千五百七十，口万四千一百，胜兵二千九百十二甲。”据此可以想象楼兰国的大致规模——一个位于罗布泊湖西北岸、人口一万四千多的小国。楼兰人从人种来说属于雅利安人种的伊朗分支，肤色偏黑，凹眼高鼻，五官轮廓分明，靠农耕、游牧和在罗布泊湖采盐捕鱼为生。

在张骞向世人介绍楼兰国之前，这个族群大概已经在当地居住了数百年。与汉通交之前，楼兰不断遭受匈奴威胁，饱尝劫掠之苦，只能臣服于匈奴。在美丽的罗布泊湖畔，楼兰人相互扶助，使这一万四千多人口的小种族得以生存。虽然势单力薄无法反抗匈奴，但只要拿起武器，楼兰人个个骁勇善战，骑术高明，驱车射箭的独特本领也足以威慑他族。

武帝派张骞到遥远的异域，是为了谋求共同作战、对抗匈奴，但起关键作用的大月氏态度暧昧，从这个意义上来说，武帝没有从张骞的奏报中得到期待的结果，却得到了意料之外的巨大收获，那就是对西域各国的新认识。

在对抗匈奴的战略意义上，西域各国意义非凡。如果能够支配西域，便可以从侧面对匈奴构成威胁，也可以借其兵力攻打匈奴。此外，这些沙漠小国出产各种奇珍异宝，有玉石、琥珀，有金、银、铜，有盐、胡椒、葡萄酒，还有马、水牛、大象、孔雀、犀牛、狮子，物产丰富，五谷丰登。如果和他们开展贸易，多少可以弥补汉和匈奴交战导致的国库亏空。对苦于马匹补给的武帝来说，大宛出产的骏马尤其具有吸引力。

武帝还得知了比西域各国更遥远的几个大国的名字，虽然不清楚康居、安息、身毒（印度）到底在什么位置，但这些国家似乎地大物博、丰饶富足。武帝尤其感兴趣的是大夏东南数千里的炎热之国身毒。这个国家给武帝留下了特殊的印象，听说直通身毒可以不受匈奴威胁，而且身毒也希望和汉交换各自物产。

公元前 122 年，张骞奉武帝之命二次出使西域。这次的使命是前往身毒国谋求通交，但途中被西南蛮族所阻，无功而返。

第二年，张骞第三次出使西域。此时，汉军已击退匈奴，控制了原本属于匈奴势力范围的敦煌一带，确保通往西域的道路畅通。为了不错失与西域各国确立友好关系的最佳时机，武帝再次派遣张骞进入胡地。这一年是公元前 121 年。

楼兰人第一次看见汉军，是在张骞第三次出使西域之时。罗布泊湖畔城墙环绕的楼兰小城，那一日，听闻汉军进犯的消息，顿时上下大乱。城外数千马匹、骆驼全被赶入城内，七扇城门紧闭，男人们全副武装在城墙各个要塞严阵以待。

登上城楼，罗布泊湖面平静得如同一片蓝绸。湖水富含盐分，微风就能在湖面掀起波澜，这一日却如此平静，使人惶惶不安。近岸的湖面颜色碧绿，到远处渐渐变成深蓝。从城墙上望去，北岸绵延着一望无际的丛林，白杨树中点缀着柽柳和其他灌木，宛若色彩斑斓的天然织物。南岸芦荻丛生，掩映着湖岸，不到近处看不见汇入湖内的几条河流。

城郭周围有很多河渠，北岸丛林外的土地上，水渠如同蛛网，交错绵延数十里，水渠之间则是辽阔的耕地。水渠有人工挖掘的，但大部分利用了干枯的古河道，将离城一里外的塔里木河河水引进来。确切地说，楼兰虽是沙漠之城，却地处罗布泊湖、塔里木河肥沃的三角洲地区。

塔里木河以北有一条路。从城墙上望去，大部分河域被两岸的灌木林遮掩，只露出深蓝色的一点。几年前，这条长河在某处改变了河道，新河道两岸没有树木，风吹日晒，与河岸并行的道路便暴露在天日之下。

登上城墙的楼兰人望着远方道路上如豆大小的人畜组成长长的队伍从林中出来，许久才又钻进前面的丛林。三名眼力超群的人站在城墙上眺望，数着队伍中的人畜数量，其他人一个接一个大声喊着那些数字，从城墙上依次传到一个个哨所，传达着汉军的动静。

有一名七十八岁的瘦削老人号称“楼兰千里眼”，他看清队伍有三百个人、六百匹马、上万头牛羊。当老人看到一半的马匹驮着行李箱时，紧张的表情松弛下来，他知道自己看到的汉军不是来打仗的。

城里的气氛一下子有了变化。然而，虽然没有兵临城下，谁也不敢掉以轻心。两天之后，战备状态才解除，人们把财物从地窖里搬出来，把马匹骆驼重新放到城外。之后的好几天楼兰人都在议论，进入西域的汉军为什么没向楼兰派遣使者就一路西行。

半年之后，楼兰国王才听说，汉军从楼兰取北道，到达位于塔克拉玛干沙漠之北、北路各国中势力最强的乌孙，与之通好，之后又兵分几路，前往大宛、康居、大月氏、大夏、安息、身毒、于阗、扞弥等国。显然，汉军有意避开了匈奴势力范围内的楼兰，以及和楼兰同样位于西域入口、隶属匈奴的姑师。

自那之后的第二年起，几乎每个月楼兰人都能发现西行或东进的汉军大小部队。不仅汉军，还有数十名乌孙人牵着数十头马匹骆驼沿塔里木河前往汉地，大夏也有小部队牵着马匹骆驼隔天或每日往东而去。虽然和自己没关系，但楼兰人清楚地看到汉和西域各国的关系日趋紧密。

有时，为了出城近距离观看这些旅行者，楼兰人会越过辽阔的农田，走到塔里木河岸边。这是自他们居住于此地起从未有过的事。

楼兰人听说汉大败匈奴，匈奴的浑邪王已经降服。他们相信这是确凿的事实，以为匈奴从此不会卷土重来。据旅行者说，汉在曾是匈奴根据地的酒泉、敦煌分别设郡，万里长城修到了酒泉，敦煌以西的玉门关、阳关等地已经修筑了烽火台和哨所，连接汉地和西域的走廊已经修成。

史无前例地，楼兰人两年来免遭匈奴掠夺。

楼兰人首次迎来汉使是在他们第一次见到汉军之后的第三年。使者的目的是命令楼兰国派出人手，给沙漠中通过玉门关、阳关进入西域的汉人补给粮食和水。和楼兰一样接到命令的还有姑师。

为此，楼兰几乎每天都要派出许多劳力进入沙漠。他们背着沉重的粮食，挑着水，到沙漠里迎接汉人，苦不堪言。楼兰人多年饱受匈奴欺凌，如今汉凭着大国威力对楼兰人发号施令，同样令其难以忍受。

此后大约一个月，一天夜里，许久没有听到匈奴马蹄声的楼兰人再次惊醒。十几名匈奴骑兵闯进城门，在城内四处狂奔，向楼兰人宣告匈奴依然安在。骑在马背上的匈奴士兵手中的长矛上挑着刚被他们杀死的汉兵首级，那首级滴着血，在月光下泛着青光。

第二天，像往常一样被派进沙漠的楼兰青年杀死了三名汉人，抢走他们携带的东西，傍晚回到城内。全城人欢呼着迎接他们回来。楼兰人认为，反正要臣服一方，与其归顺不知底细的汉，不如归顺多年来关系密切的匈奴。

次日又有汉人在沙漠中被杀，之后楼兰人不再为进入沙漠的汉人提供补给。不久，一支匈奴部队驻守姑师、楼兰两国，楼兰人从此便屡屡袭击汉人。

公元前 108 年初冬，汉军第一次在沙漠地区和再次进犯玉门关、阳关的匈奴部队展开激战。汉将赵破奴率数万大军开进西域，旋即大败匈奴。匈奴北逃，汉军乘胜追击，杀到罗布泊湖畔，准备攻打姑师和楼兰。

楼兰转瞬被汉军包围。汉军攻得突然，楼兰完全来不及备战。汉将王恢率七百亲兵攻进城门，楼兰人只得拱手相让。汉兵冲进城中央的王宫，国王束手就擒。

楼兰王被带到赵破奴军中，被迫发誓归顺汉廷，当夜把太子送至汉军做人质。

汉军收服楼兰后，接着攻陷姑师，威震乌孙、大宛。次年春，汉军退兵。

汉军一撤出西域，伺机而动的匈奴卷土重来。楼兰王像先前归顺汉廷那样，被迫向匈奴誓忠，送次子做人质。

武帝在西域动过一次兵之后，便开始以武力应对西域各国。大宛拒绝汉以千金换骏马的要求，斩了来使。武帝大怒，起兵讨伐大宛。太初二年（公元前 103 年），李广利率六千骑兵和数万步卒入西域攻大宛。由于当时西域各国都拒绝供给汉军粮食，汉军远征跋涉到达大宛，士兵大半忍饥挨饿。汉军战败，李广利带领残兵退回玉门关。武帝闻李广利败退，大怒，敕令“军有敢入者辄斩之”，不许败军入关，李广利由此留在敦煌。

第二年，李广利再次率兵六万出敦煌。这次带了十万头牛、三万匹马，还有数万头驴和骆驼，武器、粮草准备充足。

李广利大军一过罗布泊湖畔，楼兰就在匈奴命令下出兵骚扰其后方，汉军立即发觉。楼兰被驻守玉门关的汉军包围。当时虽有匈奴骑兵支援，楼兰却未能解围，楼兰王再次成为汉军俘虏。

远征军攻打大宛捷报频传时，楼兰王被送往汉都长安。远征军包围大宛城，收服大宛，得到良马数十匹、中马三千余匹。

楼兰王受审时说："楼兰小国夹在汉与匈奴两大国之间，违抗任何一方都无法生存，百姓困苦不堪。汉欲统治楼兰只有一个办法，请准许楼兰人全部迁往汉地。"武帝听罢，不忍杀之，将楼兰王送回楼兰。

远征大宛之后，汉在玉门关至罗布泊湖的沙漠要塞修建望楼，保护汉地至西域的通道，还在轮台和塔里木河畔要塞各屯兵数百。此后，楼兰不管情愿与否都归汉管辖。征和四年（公元前 89 年），汉攻姑师，楼兰受汉之命出兵参战，与支援姑师的匈奴军交战，死伤惨重。

楼兰夹在汉与匈奴之间，楼兰王为此殚精竭虑，积劳成疾而死，王位无人继承。两个儿子做人质被扣留，一个在匈奴、一个在汉。在汉做人质的长子触犯刑律被判死罪，而送往匈奴的次子音信全无。楼兰人不得已，推选一位王亲继王位。然而新王刚刚即位，汉与匈奴又要人质，新王只得把长子安归送到匈奴，次子尉屠耆送到汉。

积极治理西域的武帝到了晚年，疲于财政窘迫、民心涣散和常年战事，对西域失去了曾经的热情。匈奴重新在西域各国出没，逐渐扩张势力。一度臣服于汉的各个国家此时多叛离汉廷，楼兰也顺势远汉而亲匈奴。

楼兰新王也因夹在两国之间心力交瘁，在位数年即崩。匈奴将留作人质数年的长子安归送回楼兰继位。安归时年二十八岁，即位后即举旗亲匈反汉。他清楚父亲和先前的国王如何苦于从属两国，长居匈奴使他更易亲近匈奴，在匈奴还有不少朋友。

楼兰年轻新王安归的亲匈反汉政策很快有了具体行动。即位不久，汉派使者劝新王入朝觐见，安归拒往。不仅如此，作为匈奴阵营的一员，安归还阻碍汉与西域各国来往，出使西域的汉使者和向汉觐见的各国使者路过罗布泊湖附近时，屡屡受到楼兰人袭击。

安归即位后的几年里，匈奴军队公然出入楼兰城内，城门内外随时可见成群的匈奴白马。

时值汉武帝卒，昭帝继位。西域各国中，明确归属匈奴的除了楼兰还有龟兹。龟兹也处于汉和匈奴相争之地，和姑师、楼兰一样在夹缝中生存。现在，隔着大漠相望的两个小国放弃左右摇摆，决心归属匈奴以保境安国。

但是，楼兰、龟兹的这种态度早晚要遭到汉的报复，安归也知道这一点，只是这一天来得比他预想的还要快。

公元前 77 年秋，楼兰迎来汉使傅介子。这是傅介子第二次出使楼兰,前一次是来谴责楼兰的亲匈态度。安归表面认罪，送走傅介子，之后却丝毫没有改变国策。这一次来使又是傅介子，安归不由心情沉重。平日驻扎在附近的匈奴军队不巧又刚刚撤离，安归虽然百般不愿，也只得招待汉使入宫。

安归在大厅设宴，傅介子带随从二人赴宴，楼兰王族和重臣围汉使而坐。

酒宴过半，傅介子说有话只对王一人讲。安归欲听使者密语，把身子靠向傅介子。坐在安归右侧的两个年轻汉人瞬时拔刀刺进安归背后，举座皆惊。傅介子瞪眼立身，厉声叱喝，只见他目如金刚，杀气腾腾，声如雷鸣："王因反汉而被天子诛，立长居汉地为质者尉屠耆为新王，即随汉军前来。尔等勿叛乱亡国！"

趁众人退缩之际，傅介子迅即拔刀砍下安归首级。

二

汉吏告知久居长安做人质的尉屠耆，其兄安归已死，命其即刻回国继楼兰王位。

尉屠耆上奏请求留几日再离长安："我现在回楼兰，必定立即被匈奴所杀。楼兰之南，伊循城水草丰饶，土地肥沃，恳请派汉兵屯田，汉军之威或能使楼兰摆脱匈奴桎梏。除此法外，我没有信心治理楼兰。"

不久，朝廷准奏，派司马一人、兵士四十前往伊循屯田。

楼兰王安归被傅介子刺杀两月后，尉屠耆在汉兵护送下离开长安，经酒泉、玉门关，过"上无飞鸟，下无走兽"的白龙堆沙漠，远远望见阔别多年的罗布泊湖岸丛林。

得知尉屠耆回来，楼兰人聚集在城门，对新王冷眼相看。尉屠耆正要进城门时，一名不满十岁的幼童出声喊道：“不许出卖河龙！”

河龙是楼兰人崇拜的神。

尉屠耆刚往前走了几步，一名老妇举着拳作势要打年轻新王，喊道：“离开楼兰就是死！”

尉屠耆不能理解幼童和老妇的话。王宫由汉兵牢牢把守，他熟悉的王族成员虽然出来迎接，但对新王都冷眼相看。

尉屠耆面见留守楼兰以备内乱和匈奴的汉将。汉将道：“汉军很快会到达伊循，请新王尽快舍弃此地，带领楼兰众人迁往伊循。”

此言犹如晴天霹雳，令尉屠耆甚为震惊。

位于罗布泊湖畔的楼兰国无法逃脱匈奴的劫掠，要摆脱匈奴桎梏，归顺于汉，楼兰必须南迁，否则派驻多少汉兵都是徒劳，这是汉廷对楼兰的安排。

尉屠耆要求汉军在伊循屯田驻守，但从未想过要举国迁移。对楼兰人来说，罗布泊湖是神，是祖先，是生息之本。楼兰人无法想象没有罗布泊湖，没有注入罗布泊湖的塔里木河，没有湖畔的丛林沼泽，没有芦苇丛中的阳光轻风，楼兰和楼兰人将会怎样。

尉屠耆作为新王发布了第一道命令，召集十岁以上的王族成员和所有元老重臣，向他们说明楼兰国面临的紧急事态。而众人已从汉将处得知此事，深信这是尉屠耆和汉人共同策划的阴谋。尉屠耆费尽口舌再三解释，才使人们消除了仇恨和误解。

王族成员、重臣和元老们每天都在争论。没有一个人赞成把家园从罗布泊湖畔迁走，但如今这是不容违抗的命令。摆在面前的只有两条路：要么冒亡国之险反抗；要么暂且屈从，在伊循附近选址做临时都城。

众人最后决定：暂时服从于汉，舍弃楼兰城邑，南迁建设新国，在汉的保护下充实国力，再寻找机会迁回罗布泊湖畔。

此后一个月，楼兰城内每晚都篝火熊熊、大摆祭宴，兴奋的人们迟迟不睡，男女老幼都在篝火燃烧的街巷四处走动。

随后，楼兰人选定了国都新址，那是离伊循城不远的一片原野，位于一个比罗布泊湖小得多的小湖南岸。新都地点决定下来之后，大家不约而同称之为“鄯善”，在他们的语言里就是“新水”的意思。他们没想过把这个新地方叫作“楼兰”。离开了罗布泊湖，就没有了楼兰，也没有了楼兰人。

既然都城鄯善和举国迁移的日子已确定，离开楼兰前的最后二十几日，楼兰人变得十分忙碌。他们从未想过也不愿相信要永久放弃这片苦心经营的土地，能够接受的转变是，现在要从依靠匈奴变为在汉的保护下生存，就像从前的许多次转变一样。他们坚信，在匈奴势力被汉完全驱逐出西域之前，避开匈奴暂时南迁，就能在汉军保护下生存。

楼兰人躲过守城汉兵的眼睛，在罗布泊湖畔四处寻找可以埋藏财物的地方，有人甚至还跑到数十里之外。这些财物有月光之夜寻得的于阗玉，有产自塔里木干枯河床的稀罕美玉，有四方的壁挂，有手工编织的袋子，有闪闪发亮的丝绸衣物，有精美的缎面鞋，还有各种珍奇的动物角和以之做成的工艺品。楼兰人必须把这些东西藏在其他人绝对发现不了的地方，等回到这里再把它们找回来。有人不顾那叫作“湖中牦牛”的鸟的怪叫声进入丛林深处，有人爬上湖边干枯的大树。人们不分昼夜忙着藏宝。

财物藏好后，楼兰人分批出城，到罗布泊湖畔、塔里木河及其支流岸边、芦苇丛生的沼泽旁、露出白色河床的干枯河道等与水有关的地方设下祭坛，像过去无数次那样，焚火向他们的保护神河龙祈祷。

就在楼兰人即将舍弃祖祖辈辈居住的罗布泊湖畔城邑，迁往八百多里外的都城鄯善时，发生了两件事。

第一件事是一位老王妃的死。她年轻丧夫，唯一的儿子被送到匈奴做人质，是位不幸的女人。这几年她卧病在床，在楼兰准备迁都的那天早上死于家中。因为是王族成员，葬礼必须隆重，楼兰迁都只能推后一日。老王妃头戴平日常戴的红带冠帽，身穿寿衣，裹着黑布入殓。

送葬的人们走出已成废墟的城邑，把棺木抬到三里外的山丘上，放进深深的墓穴，土填满后，又搬来几块大石压上。人们久久不肯离去，既是对死者的哀悼，也是与山下的罗布泊湖的告别。

第二件事是老王妃去世的那天夜里，先王安归的王妃在家中自尽。发现她自尽的是一名侍女。死去的王妃盛装打扮，身穿华服，嘴里含着毒草，已在寝台上咽气，脸上没有一丝痛苦的表情。

对安归王妃之死最为悲伤的是尉屠耆。他喜欢亡兄这名年轻貌美的王妃，心里暗自打算若能得到她的同意，便娶她为妻。这不只是尉屠耆一人的想法，也是所有王族和全体楼兰人的希望。楼兰人都十分爱戴这位王妃。当然，尉屠耆没有跟任何人提起自己的这个想法，每天忙于迫在眉睫的南迁，以及随之而来的诸多杂事。他本打算等迁都鄯善之后再和众人商量，征得大家同意。

然而，先王妃却突然自尽。楼兰人议论纷纷，有人说她是因先王的悲惨命运而过于悲伤，有人说她是不愿离开楼兰这片埋葬先王的土地，还有人说她是为即将成为废墟的楼兰城殉葬。没人真正明白她的死因，但不可思议的是，人们都坦然接受了她的死，丝毫不意外，仿佛迟早要发生的事终于发生了，只是奇怪自己先前怎么没有觉察。事情发生之后，人们才恍然大悟，先王妃是无法在楼兰之外的任何地方活下去的。就像离开罗布泊就没有楼兰一样，离开了罗布泊也就没有了年轻的王妃。

由于老王妃之死，尉屠耆把迁都鄯善的日子往后推了一天，现在又因先王妃之死推迟了两天。葬礼在第三天隆重举行。两名侍女用美丽的绸布为其装殓，戴上冠帽。尉屠耆亲手将先王妃放入棺内，盖上从汉地带回的精美绸缎。

先王妃安葬在离老王妃墓地不远的半山腰。墓穴挖得很深，和棺木一起下葬的还有几个装着王妃日用饰品的箱子和一只殉葬的羊。日落时分，楼兰特有的朱红、深紫、湛蓝相间的斑斓暮色装饰着王妃的新坟。

人们从罗布泊湖畔砍来一棵粗大的柽柳插在墓地上做墓碑，又在墓地前放了一个装鲜花的大石盆。尉屠耆和参加葬礼的人们都坚信，不久的将来，他们会再来祭拜。

南迁的那一天，楼兰人拂晓就在城门前的广场集合，数千头马和骆驼载满行李。当罗布泊湖对岸升起的朝阳把湖面染成一片赭红时，他们又一次，也许也是最后一次向河龙参拜祈祷，先头部队开始出发。

这支由人、马和骆驼组成的队伍如同一条长龙，缓缓离开了城邑。队伍先是避开沼泽地带北进，继而沿几条干枯河道南行。先头部队进入沙漠时，队尾还在城门口。

当殿后的队伍离开城门约有半刻，有三名男子离开行进队伍返回早晨刚刚离开的城邑。一个回到城里，骑马来到自己家门前，进门从库房架子上取下忘了带的砍刀挂在腰上，重新骑马回去。另一个策马穿过城邑来到湖边丛林，搬开藏宝洞上压着的石头，把带在身边的西洋小壶放进去，再照原样把洞口封好，盖上土，用木头压实，铺上树叶，伪装得别人根本看不出下面是个藏宝洞，然后重新上马。最后一个回城的人并没有什么要办的事，只是在城内的街巷策马来回，出城门后又一次仰望城墙，而后调转马头，疾风般追赶队伍而去。

仅仅两天，楼兰变成一座空城，仿佛一下子苍老了。狂风四起，泥墙倒塌，到处是沙尘，整座城邑一片废墟，黯然失色。第三天傍晚，大风平息下来，数百名汉骑兵穿过沙漠来到这里驻守，空无一人的城邑顿时人马声鼎沸。那一天，罗布泊湖水浑浊，湖面扬起小小的波澜。

三

自楼兰人迁往鄯善（公元前 77 年）至汉爆发王莽之乱（公元 8 年）的八十五年间，汉在西域的地位压倒了匈奴，设西域都护，在各地驻兵屯田，大体上将西域各国置于统治之下。为争夺乌孙和车师，汉和匈奴大动干戈，并渐渐把匈奴赶出西域。

迁到鄯善的楼兰人在不含任何盐分的淡水湖边开垦耕地，建造自己的城邑。自从南迁，楼兰再没受过匈奴的侵扰。从摆脱匈奴桎梏这个意义来说，迁都鄯善对楼兰人是件好事。

楼兰人离开楼兰的第十年，即宣帝地节三年（公元前 67

年），一支约百人的队伍带着百余骆驼从鄯善向楼兰进发。他们想把当年埋在城邑附近的宝藏挖出来带走。

这一行人中，大半是三十岁以上的壮年，自从迁都鄯善，他们无时无刻不在思念楼兰城和罗布泊湖。其余是些少年，有的是迁都时还不记事的儿童，有的迁都之后才出生。这些少年出生以后，每天都在人们向河龙的祈祷中听到楼兰和罗布泊湖的名字，却不知那是怎样的地方。他们难以想象真的有含盐的水和含盐的沙子，只知道总有一天要回到那个地方，在美丽的城邑里生活。他们坚信那是种族之神安排好的命运。

但是，这支队伍的楼兰之行却以悲惨的结局告终。他们在沙漠里遭到匈奴部队袭击，损失了十几人和一半骆驼。他们历尽艰苦终于抵达楼兰，却发现楼兰已经变成了军事要塞，城里到处都是汉兵。为了攻击占据车师的匈奴，汉兵一批批抵达楼兰，又一批批从这里出发。楼兰人别说进城，连城邑都不能靠近，根本不可能去挖自己的财宝。

这群楼兰人在沙丘上远瞰曾经的都城楼兰，在他们眼中，楼兰城邑和四周风景与当日居住在这里的时候相比已经完全变了样。看看脚下，风贴着地面吹过，卷着几个小旋涡，扬起一阵沙尘，十年前绝不是这样。城邑四周绵延起伏的丘陵变了模样，面目全非。曾经水晶般清澈的湖水如今也变得浑浊，芦苇少了，能看到水波拍打着湖岸。

河龙发怒了——如今的鄯善人，十年前的楼兰人想。他们没能挖出一件财宝，空手而归。

这之后又过了十年，一名管理水利的七十岁老人独自骑骆驼从鄯善前往楼兰。老人没有跟任何人说起这事，结果周围人发现他突然消失，慌忙寻找了一阵。老人慢慢穿过沙漠，第十天终于到达魂牵梦绕的楼兰城。他翻身下骆驼，走入城中。城内荒芜一片，不见人影。

老人从城东门进入，走了十多丈，发现一具汉兵尸体，看起来没死多久；接着往前走，看见三具趴在地上背部中箭的匈奴士兵尸体；再走几步，又发现了汉兵尸体。这时，不远处突然传来马嘶声，老人停下脚步。

老人回到城门，骑上拴在那里的骆驼，立刻离开了这座阴森森的城邑。他在驼背上摇晃了一整天，发现自己来到了离罗布泊湖南岸最近的水草地带，才从驼背上下来。老人知道自己一无所获，重返楼兰的目的一个也没有实现。他想挖出财宝，想祭拜祖先的墓地，想把曾经生活过的罗布泊湖畔的美景看个够，而楼兰城里的几具尸体让他把这一切忘得一干二净。

老人判断自己离罗布泊湖不远，便又骑上骆驼。一个时辰后，他来到一处像是罗布泊湖岸边的地方，下了骆驼。老人向湖面望去，映入眼帘的是几座红塔，其中一座高高耸立，四周露出红色的塔尖。老人久久凝视着，这些塔怎么看都让人觉得不真实，就像是微波荡漾的湖面上竖着一张彩色剪纸。

老人即刻骑上骆驼离去，认为自己刚才在楼兰城和现在在湖面所见都是异常景象，而出现这些异象，是因为河龙发怒了。

老人回到鄯善，只字未提自己去了哪里，看到了什么。他想，为了平息河龙的震怒，鄯善人必须尽早回到故土楼兰。

老人在楼兰城看到的残酷杀戮，是汉在西域势力最强的宣帝时代。宣帝神爵二年（公元前60年），郑吉任西域都护，驻守龟兹的乌垒城。自此，西域各国大多归顺于汉，汉与西域频繁往来，西域商队几乎每天都要经楼兰以北东行。

公元8年，汉发生内乱，王莽篡位，采取轻视西域各国的政策。西域再次纷乱四起，匈奴乘机卷土重来，不少国家开始通匈奴而背叛西域都护。

但是，鄯善始终态度鲜明地归顺于汉。既然为了投靠汉而不惜放弃了祖祖辈辈居住的楼兰，鄯善无论如何都不能再改变原有态度。如果现在再转而倒向匈奴，就失去了当初迁都的意义。虽然知晓楼兰时代的鄯善人已经为数不多，但所有鄯善人心里都认定，舍弃楼兰就意味着和匈奴一刀两断。不管发生什么情况，鄯善都必须依靠汉的力量，总有一天要回到故土楼兰。如今在鄯善人心里，“楼兰”就是“回归的故土”的同义词。

王莽之乱平息后，光武帝即位，但汉的势力今非昔比，难以治理混乱的西域。匈奴的劫掠愈演愈烈。

公元38年，第三代鄯善王和当时逐渐强大的莎车国王商议，派使者向汉进贡财宝，请求汉积极出兵西域，恢复因乱废职的西域都护。当时，不仅这两个国家，西域各国都不堪忍受匈奴的横征暴敛，希望归顺于汉。

公元41年，莎车国王贤单独派使者入汉，再次请求恢复西域都护。光武帝不愿与匈奴抗衡，没有同意莎车的请求，而是把西域都护的印绶赐给了莎车王贤。当时的敦煌太守裴遵上书，认为不可将都护印绶赐予胡人，结果汉又从莎车王手里收回一度赐予的印绶。莎车王为此对汉怀恨在心。他知道汉无心管理西域，便图谋统一西域各国，野心勃勃地想当盟主，逐渐开始侵略其他国家。

西域各国不堪忍受莎车的侵略，联合向汉上书声讨莎车。鄯善王和龟兹、车师前国、焉耆等十八国商议，向汉派遣使者，各自将侍子送至汉廷，献上珍宝，陈述西域详情，促使光武帝对西域采取积极态度。西域十八国使者轮番恳求汉统辖西域，但光武帝对此仍然态度暧昧，犹豫不决。他赏赐了各国使者，但没有收留他们的侍子。

莎车入侵鄯善，鄯善人与之奋战，这是他们迁都后第一次拿起武器保卫自己的城邑。但是，鄯善不敌莎车。鄯善为挽救自己的国家曾三次派使者向汉告急，但光武帝仍置之不顾，鄯善只好另谋救援，终于决心和车师一起加入匈奴阵营。鄯善人均对汉怒火冲天，倒向匈奴，此时距他们的祖先舍弃楼兰已经过了一百二十年。

四

光武帝之后，明帝继位。明帝同样忙于内政，无暇顾及异族事务。和光武帝时一样，通往西域的门户玉门关、阳关紧闭城门。此间，匈奴在西域各国肆意猖獗，不仅鄯善，其他西域各国也都归顺了匈奴，在匈奴的暴行下忍气吞声。

汉长期对西域置之不顾，直到明帝晚年，因匈奴进犯河西，才开始重新审视西域。汉欲保河西，必须通西域；欲通西域，必须驱逐匈奴势力。

永平十六年（公元73年），汉廷决心讨伐匈奴。窦固、耿秉两员大将出酒泉，北进大漠征讨匈奴，占领匈奴根据地伊吾庐。征战结束后，窦固立即派遣使者班超出使西域，与各国通交。班超率随从三十六人出玉门关，穿越沙漠，十六天后抵达鄯善国。

自王莽之乱后，鄯善国时隔六十余年迎来汉使。鄯善人从未见过这么多汉人，国王广盛情款待班超，留他数日。但此时匈奴部队已到达距鄯善三十里的地方，广害怕触怒匈奴，不得不改变对汉使一行的态度。鄯善人态度的急剧变化让班超得知匈奴临近，他向广打探到匈奴驻地，当天夜里奇袭匈奴营地，斩下匈奴使者首级。

鄯善王广慑于班超神勇，表示愿归顺于汉。之后班超又遍访西域诸国，在他的努力下，西域各国与汉中断了五十余年的往来得以恢复。鄯善、于阗、疏勒、车师前国、车师后国等西域各国饱受匈奴暴虐，欣然归顺于汉。随后，汉恢复西域都护，正式着手管理西域。

但此后第三年，即永平十八年，匈奴率两万大军企图夺回西域。汉与匈奴宿命般的漫长争斗就此展开，班超为之耗费了一生心血。

鄯善王广趁匈奴大军即将南下与汉军决一雌雄之时，率领两千士兵攻打故土楼兰。当时，班超率三万大军驻守疏勒，以此为据点统辖西域。得知这个消息，一个念头在血气方刚的鄯善王心中闪过，那就是从匈奴手中夺回长期被他们占据的楼兰。鄯善人对匈奴的仇恨比其他西域国家更加强烈，匈奴一来，他们只能紧闭门户、藏身地窖，任凭敌人洗劫。鄯善每年都要遭受数次这样的洗劫，不仅要向匈奴进贡大量财物，还要吞声忍气。

对于现在的鄯善人来说，楼兰已经不再是他们祖先朝思暮想的“回归的故土”，而是有朝一日与匈奴决一死战的复仇之地。两千全副武装的鄯善士兵骑上马和骆驼，朝着他们从未靠近过的罗布泊湖畔进发。

队伍出发的头三天遭遇风暴，行军艰难，但没有一个人退缩。距楼兰还有三十里时，鄯善人放弃骆驼，全体骑马，当夜杀到楼兰城下。他们原想翻过城墙突袭匈奴驻地，不料在城外就展开了激战。原来匈奴部队觉察了鄯善人的夜袭，等他们靠近城墙，便一齐从城墙上放毒箭。一时间，城墙上下弓箭如雨，鄯善士兵纷纷中箭倒下，死伤惨重。匈奴部队见状从侧面围击过来。鄯善王广见大势已去，只好下令退兵。

鄯善士兵七零八落，在大漠中趁着夜色向鄯善方向逃亡，结果有的被匈奴追杀，有的在沙漠里迷路，最后逃回鄯善的不足三百人。正当大家以为国王广也已战死时，却见他拖着伤痕累累的身体回来了。

这次偷袭楼兰以惨败告终，鄯善人就此知道只能投靠于汉。明帝对胡人反复无常的态度感到棘手，班超因此留在西域，在与胡族的斗争中度过一生。在西域动荡的局势下，只有鄯善始终没有离开汉，或者说离不开汉。

永元十四年（公元 102 年），在西域沙场戎马半生的班超告老还乡，回到洛阳。任尚接任西域都护，但却治理不力，使得西域各国又相继离汉而去，匈奴日益猖獗。安帝永初元年（公元 107 年），汉终于以西域道远艰险、胡族变化无常、派兵费用庞大这三个理由放弃西域，召回屯田的官吏和士兵，再次关闭玉门关、阳关。北匈奴立即取而代之，成为西域统治者，楼兰再次沦为匈奴兵营。

安帝元初六年（公元 119 年），北匈奴征服西域山南各国，联合起来屡屡进犯汉河西地区。当时的敦煌太守曹宗害怕匈奴大举入侵，上书建议笼络西域各国。于是，安帝派长史索班为将，率千余士兵到达伊吾庐，安抚西域各国。此时，最先归顺于汉的是受匈奴劫掠最甚的车师前国和鄯善。

对此，匈奴于第二年率车师后国士兵来袭，攻破车师前国，杀长史索班。鄯善王曾率兵支援索班，但被匈奴击败。

鄯善王向曹宗求救。曹宗上书请求朝廷出兵五千讨伐匈奴，但未被采纳。之后，朝廷召见了治理西域功劳显赫的班超之子班勇，征询其意见。班勇建议在敦煌恢复原有的三百营兵，并由西域长史率五百兵士驻扎楼兰，但这一建议也未能实现。

公元 124 年，班勇受安帝之命出任西域长史，率领五百士兵进驻西域。此时，也是鄯善第一个归顺于汉。

在班勇的努力下，汉的势力曾几次扩张到西域各国，但每次都持续不久。汉的势头一松懈，匈奴就会乘虚而入。鄯善国夹在匈奴和汉之间，经常遭受匈奴劫掠，只要汉军一入西域，总是最先归顺，但很快又会被汉抛弃。这似乎成了鄯善国注定的命运，始终无法摆脱。

汉武帝时，塔里木盆地周围曾有三十多个小国，它们夹在汉与匈奴之间，时而亲汉，时而亲匈奴，还彼此争斗。到三国结束的公元 280 年，这些小国逐渐合并成少数几个大国。

鄯善吞并且末、小宛、精绝等国，于阗兼并戎卢、扜弥、渠勒、皮山等国，此外，焉耆、龟兹、疏勒、车师后国也各自兼并邻近小国。和武帝时代相比，这六个国家的领土扩张了许多。

领土虽然得以扩张，这些国家仍然不得不像原先归顺匈奴一样，归顺于取代匈奴统治北方的鲜卑及其他异族，还必须不断向与鲜卑抗衡的中原统治者示好。

东晋明帝太宁二年（公元 324 年），威震敦煌一带的前凉王张骏命部将杨宣翻越流沙，征讨鄯善、龟兹。两国降服张骏，鄯善王元孟向张骏进献美女。

东晋孝武帝太平七年（公元 382 年），车师前王和鄯善王觐见前秦王苻坚。两位西域国王身着御赐的朝服，赴西堂拜见苻坚，被华丽的宫殿和庄严的礼仪折服，请求今后年年朝贡。苻坚以西域道远为由拒绝，之后确定三年一朝贡、九年一朝拜的制度。此后不久，两国受苻坚之命，为率兵七万五千的西域长史吕光做向导，攻打其他西域国家。

但不久，前秦战败于东晋，土崩瓦解。受其影响，西域地区一片混乱。

这时，鄯善国的一位年轻将领决心攻打长期被中原统治者占据的楼兰。楼兰是祖先的城邑，理应是鄯善国领土，他决定乘乱从已经亡国的前秦部将手中收回楼兰。

年轻将领受命率五百亲兵前往敦煌，却中途改道奔向楼兰。除了指挥者，五百部下无一人知道楼兰和自己有何关系。

部队在大漠中日夜兼程，距楼兰城还剩半日行程的那晚按兵休整。第二日清晨进兵楼兰前，年轻将领才告诉部下，他们的任务是从弱势守军手里夺回楼兰，并解释了楼兰和鄯善人的密切关系。鄯善士兵平日就尊敬这位将领的人品，钦佩他的英勇，因此无一人反抗。他们为能亲手收回祖先的城邑而振奋，坚信在这位杰出将领的带领下定能实现愿望。

那一日，队伍出发时风很大，接近古城墙时更是狂风大作。年轻将领一声令下，鄯善士兵在铺天盖地的沙尘中艰难前行，连人带马顶着狂风往前冲，最后终于在沙尘中隐隐看见巨大的灰色城墙和望楼。

年轻将领身先士卒，在城门下斩杀了三名哨兵，队伍就势冲进城中厮杀开来。他们不知道有多少士兵守城，但敌人远比预料的多。进攻队伍兵分几路，每路都保持队伍绝不分散。双方在街巷、箭楼、堡垒中激战。

夜幕降临，激战的士兵发觉夜晚来临得太早。风停了。鄯善士兵倒下了三分之一，而守兵死伤则是鄯善兵的数倍。

拂晓时分，余战之后，大战告捷。残余守军趁夜色逃窜。天亮时，城里已不见一名敌兵。鄯善士兵在遍地尸体的城中巡逻，像入侵者攻占他们家园时一样，也在挨家挨户搜寻财物。

年轻将领和几名部下登上望楼，只见六百年前祖先生息的土地一片荒凉。城外是一望无际的沙海，无数小沙丘连绵起伏，如同海面泛起的点点白浪。风比前一日小了，但还是卷起白沙粒，从沙丘上飞向空中，宛如一块薄布由北向南飘去。

年轻将领心想，没有河流湖泊，祖先居然能在这里生息。当他看到远处东北方向有一片丛林时，心想，也许那边有个小池塘。

部下把城里的尸体扔到沙漠，其中一人回来报告说，丛林中发现一个细长如刀剑的湖，湖水源源流淌，像是会流入大湖。年轻将领召集士兵一起去看，他知道敌人不会有援军来袭，所以甚是悠闲。丛林中流淌着的细长湖泊清澈见底，浅浅的湖水一直向前流去，湖面越来越宽，可见成群的水鸟。

鄯善士兵回到城里，摆上搜寻到的酒樽庆祝胜利。太阳早早西斜，鄯善人从没见过如此美丽的落日，晚霞五彩斑斓。

一名士兵说看见这样的落日是不吉之兆，主张立即收兵。年轻将领也有不祥之感，但还是在城内住了一晚。

第二日清晨，鄯善士兵听见一种从未听到过的奇怪声音，夹在狂风声中传来，又显然不是风声。

年轻将领命一名士兵登上望楼时，飞来一支利箭，射在墙上，又掉在石板地上，是一支长长的箭。紧接着，无数支箭从远处不知何方向城内飞来，被大风吹着，横掉在地上。

登上望楼的士兵报告说，沙尘蔽日，天昏地暗，什么也看不见。将领亲自登上望楼，发现城外果然如此。

此时，天地间如同夜幕降临，狂风怒吼，风中传来另一种声音，那正是罗布泊湖的怒涛在咆哮。如果他们白天再往前走一点，大概就能看到罗布泊湖了。

将领走下望楼。箭落了一地，怪叫声越来越近。他把士兵聚集到一起，向城门冲去，因为如果敌人人多势众，在城内开战对自己不利。鄯善士兵蜂拥奔向城门，遭遇一支由城外攻入的装束奇特的队伍。敌兵手持大刀猛扑过来，鄯善士兵以长枪迎战，双方厮杀起来。

这时，沙粒如瀑布般倾泻下来，从缝隙钻进衣服，让人睁不开眼，双方不得不暂时休战。

风声越来越响，沙雨越来越大，只见天日无光，双方连敌我都无法辨认。

年轻将领带领几名部下冲到城门外，外面的沙雨比城内更猛烈，让人寸步难行。鄯善士兵接连从城门出来，贴在城墙底下，那里躲着无数进退两难的敌兵。此时，狂风怒吼，波涛咆哮，几百匹战马和骆驼悲鸣嘶叫。

风暴接连刮了三天三夜，人、马、骆驼都被埋进沙里，城墙也被沙土掩埋了一半。

战斗开始得离奇，结束得也奇怪。鄯善人和入侵者最后三天都在和沙土搏斗。

第四天下午，狂风稍稍减弱，年轻将领扔下被埋在沙里的几十名士兵，离开楼兰城。异国入侵者也同样被沙暴夺去几成兵力，撤离这座大漠中的小城。

鄯善人失去了马匹，只好徒步返回。离开楼兰的时候，沙漠中还耸立着几百柱树林般的龙卷风沙暴，傍晚后才渐渐减少。

之后几天，鄯善人又遭遇了一些沙漠中的怪异现象。他们时而听见家人热闹的说话声，时而听见无数马匹的嘶鸣声，眼前还好几次出现泉水流淌的小树林——怎么也走不到，又眼看着莫名其妙地消失。

一个月后，年轻将领带着出发时三分之一的士兵回到鄯善。他们不知道那些奇怪的入侵者来自何方，认为那都是沙漠之魔在作怪。年轻将领到死也没能知道，那些入侵者其实是称霸北方的柔然族军队。

两年后，这位年轻的鄯善将领又一次带领部下来到楼兰。此时的楼兰城已完全被沙土掩埋，只露出一点望楼。他们走进丛林去看那个细长的湖，却不见湖的踪影，只有一条白色的沙土路像长带一般延伸。罗布泊湖无影无踪，楼兰完全被大漠掩埋。

此后大约过了六十年，元嘉二十二年（公元445年），鄯善与当时的中原统治者魏太武帝对抗，被其派遣的凉州兵打败，鄯善王投降。从此，鄯善成为魏的郡县，不再是一个国家。至此，罗布泊湖、楼兰、鄯善都相继从历史上消失。

五

东晋安帝隆安三年（公元399年），高僧法显与数十僧人为学梵语从长安出发前往印度。当时的旅行手记中有如下记载：

出玉门关渡沙河，沙河中多恶鬼恶风。遇则皆死，无一全者。上无飞鸟下无走兽，遍望极目欲求度处则莫知所拟。唯以死人枯骨为幖帜耳。

虽不能确切判断法显途经的是掩埋着楼兰城的大漠，抑或是曾经的罗布泊湖岸，但可以肯定的是，他经过了昔日的楼兰一带。

到了唐代，奉太宗之命赴印度的玄奘（三藏）历尽千辛万苦取经书回到长安，归途中曾路过楼兰。《大唐西域记》中有一段短短的记述：

行四百余里至覩逻故国。国久空旷，城皆荒芜。从此东行六百余里至折摩驮那故国，即涅末地也。城郭岿然，人烟断绝。复此东北行千余里至纳缚波故国，即楼兰地也。

玄奘在大漠中看见两座无人城郭，但对楼兰没有任何记录。大概楼兰城已深埋沙土之中，四周只有空旷的大漠。时年公元645年，距今已有一千多年历史。

直到20世纪，楼兰才从长眠中醒来，重新登上世界历史的舞台。

这期间，这片区域在世界地图上的颜色几度更改，只有长眠着楼兰的这一小片地区无人问津，没有人敢踏入这片毫无生迹的荒芜大漠。

20世纪，瑞典探险家斯文·赫定让深埋大漠的千年古城楼兰重见天日。学者们经过多次争论之后才确定那就是楼兰遗址。他们必须同时解决的问题还有罗布泊湖的秘密。那片湖曾经碧波荡漾，如今却无影无踪。

正如古代楼兰人认为没有罗布泊湖就没有楼兰城一样，20世纪的学者也无法将二者分开来考证。如果赫定发现的遗址确是楼兰，那么附近应该就有罗布泊湖。罗布泊湖究竟到哪里去了呢？学者们必须从散布于大漠的众多湖泊中找出罗布泊湖，哪怕只有一点点痕迹。此外，还必须解开为什么罗布泊湖会移动位置的秘密。

最后学界认定，赫定发现的就是楼兰遗址，而罗布泊湖以一千五百年为周期南北移动——在注入罗布泊湖的塔里木河的泥沙堆积和大风作用下，使得河道改变，罗布泊湖以一千五百年为周期，从北向南，再从南向北移动。

公元1927年，赫定在六十二岁时组织了一支由多名专家组成的探险队，对西域进行第四次大型探险考察。这支探险队的正式名称为“西北科学调查团”，主要由十八名瑞典人和德国人、十名中国人组成，此外还有当地雇用的司机、厨师和随行人员。

赫定在这第四次探险中重访楼兰遗址。一天，他在沙漠中沿着一条河道行走，那是4世纪之前曾经流淌过的河流中的一条。楼兰人居住时这里曾经流水淙淙，之后很长时间内河道干枯，而现在，他发现河道重新有了水流。罗布泊湖移动，楼兰成为被忘却在沙漠里的空城，之后被沙土掩埋。如今，河水又出现在楼兰遗址，几条干涸河道里已经有了流水，植物也随着流水正在复苏。可以想象，几十条现在还干涸的沙河也将会流水重现，无数生命将会和水一起重现沙漠。

那一天，赫定在沙漠里发现两具棺木，一具在山丘上，另一具在远处的山脚下。赫定在他的著作中详细记述了其中一具棺木的发现经过。

> 两个目光如鹰的船夫在台地（沉积物被侵蚀后形成的黏土高台）顶上又发现了一座坟墓，位于大台地旁的小台地顶部东侧。
>
> 我们从风沙侵蚀的坟墓旁经过，往荒凉的歇脚处走去。看到船已不能前行，我就让他们在二号墓西南搭帐篷，但大家都想和我一起调查，无法拒绝。
>
> 小台地由东北向西南延伸，长四十一英尺，宽十二英尺，顶部离水面二十九英尺，离周围地面二十四英尺。从大台地上一眼就能看出这里有坟墓，因为其他地方都光秃秃的，只有这里竖着一棵柽柳的树干，怎么看都与众不同。

那竖立的树干似乎在召唤我们往下挖，大家马上开始动手。然而，这个台地的黏土像砖头般坚硬，正在形成板岩。于是有人回到岸边拿来斧子，劈开坚硬的地方。墓穴呈长方形，位于台地西北斜坡边上，靠斜坡的黏土层上方是一英尺，挖到下面有两英尺厚。挖到两英尺三英寸时，碰到了棺盖。大家先用斧子，后用镐头除去土块。棺盖由两块长五英尺十一英寸的木板做成，保存完好。头部板宽一英尺八英寸，脚部板宽一英尺五英寸半，板厚一英寸半。头部朝向东北。

棺盖已完全露出，但棺木和黏土仍牢牢粘在一起，我们必须把洞穴挖得更大才能取出棺木，于是大家决定挖空西北面的黏土壁。这是一项既费时又费力的工作，大家终于清除最后的障碍，小心翼翼地把棺木抬到台地顶上。

棺木是多水区域特有的形状，如同一艘锯掉船头和橹、横搭一块直板的普通独木舟。

棺盖的两块木板在泥壁还没铲掉之前就被取了下来。我们迫不及待地想看那长眠许久的逝者，但看到的不是尸体，而是严严实实从头裹到脚的盖毯。毯子非常脆弱，手一碰就立即碎成粉末。我们把裹住头部的毯子打开，于是看见了美貌绝伦的沙漠统治者，楼兰和罗布泊湖的女王。

当年，这名年轻女子突然离世，爱戴她的人们为她穿上寿衣，埋在这安静的山丘上。她静静长眠了将近两千年，直到遥远的后世，人们将她唤醒。

她脸上的皮肤像羊皮纸一样坚硬，五官和脸部轮廓并没有在漫长的岁月中变形。她闭着眼睛，眼窝几乎没有塌陷。唇边依然挂着许多世纪来未曾消失的微笑，这种神秘让她更加楚楚动人。

但是，她没有向我们透露往日的秘密——楼兰多彩的生活、湖边的盎然春意、小船和独木舟里的旅途回忆。

她一定见过出城迎战匈奴和其他蛮族的楼兰守备部队，见过满载弓箭手和长枪手的战车，见过途径楼兰或在此停驻的大商队，见过驮着中原华贵丝绸布匹沿“丝绸之路”去往西方的无数骆驼。她一定爱过，也被爱过，也许就是因为爱情悲剧而死。然而，这一切都无从知晓。棺木内侧长五英尺七英寸，不为世人所知的女王是个身高约五英尺两英寸的娇小女子。

在下午的阳光下，詹和我开始考察她下葬时的衣着。她头上戴的是头巾式冠帽，用一根简单的带子缠着。身上盖的像是亚麻布，穿着两层同样的黄色绢衣，胸部盖着一块四方的红色刺绣绢布，里面是一件麻布内衣。她的下身包着绸布，下面是黄色绢布和麻布，里面是白色麻布短裙，最里面是薄裙和长裤。脚上是绢鞋。腰带贴肌肤而系。

我们从这些服饰上分别取下一小块作标本，冠帽和鞋则整个拿走，还带走了一个图案精美的钱包。在棺木外靠头部一侧，我们发现了一张长方形矮桌和一只红色木碗，还有一具完整的羊骸骨。这些大概是人们为她在那个世界准备的吧。

赫定挖掘出的棺木里是否就是楼兰人准备弃城迁移那天自尽的年轻先王妃，我们无从考证。她的死本身就是秘密，我们不必深究。埋在沙漠中的一千五百年间，楼兰和罗布泊湖一起消失，人们不知它们在什么地方。现在，经过学者的努力，这两个谜团得以解开，已经足够了。

如今，罗布泊湖正在逐渐回归楼兰故地。从赫定发现楼兰遗址算起，已经过去半个世纪，这期间，罗布泊湖一直在朝着楼兰移动，现在也正在移动。罗布泊湖最终回到楼兰也许还需要几十年时间，但事实是罗布泊湖的确正在回归。楼兰人的神灵河龙大概也正在回归的路上吧。不，也许河龙已经回到楼兰。

（文中赫定的记述部分引自《游移的湖 *The Wandering Lake*》）

异域人

班超，字仲升，《史记后传》作者班彪之子，建武八年（公元 32 年）生于平陵。其兄班固为东汉儒家，著《汉书》而闻名。班超自幼胸怀大志，于艰苦中磨炼心志，遍读史书不倦。其兄班固应诏做校书郎后，班超替官府抄写文书，于贫苦中赡养双亲。据《后汉书·班超传》记载，班超曾投笔叹道："大丈夫无他志略，当仿傅介子、张骞立功异域，以取封侯，安能久事笔砚间乎？"傅介子于元帝时出使西域，刺杀楼兰王，封为义阳侯。张骞于武帝时开拓西域，封为博望侯。

永平十六年（公元 73 年），班超参加讨伐匈奴大军，出使西域，时年四十有二。此前情况不为人知，其前半生行迹仅有数行文字记载。

班超闻名于光武帝、明帝时期。光武帝乃东汉世祖，结束王莽篡政，复兴汉室；明帝为光武帝之子，以英明闻名天下。其时正值国内大治，汉室基业渐趋稳固，胸怀大志的青年皆对西域神往。除了西域，再也找不到第二个地方能赤手空拳博得封侯之功。张骞为武帝治理西域，立下汗马功劳，欲成大丈夫者皆争相效法。

而武帝治理西域的成果因王莽之乱遭到破坏，其后汉放弃西域，任凭匈奴掠夺。

班超希望有朝一日能像傅介子、张骞那样建功异域，可一直等到四十二岁都没有机会。光武帝对劳多功少的西域之事持消极态度，明帝也忙于治内而无意在异族间挑起事端。

自明帝晚年起，北匈奴开始威胁西域诸国，劫掠河西。匈奴之猖獗愈演愈烈，边境郡县即便白昼也紧锁城门。而对汉来说，为保河西必须通西域，为通西域就必须驱逐在北方游牧的匈奴。

永平十六年，汉室终于下定决心讨伐匈奴。二月，窦固和耿秉两将军受命率兵，自靠近边境的酒泉要塞出发，北进漠地，击败匈奴的呼衍王，占领其根据地伊吾庐。

此次交战刚一结束，总指挥窦固便向西域派遣使者谋求通交。班超被选中，以假司马身份率三十六名部下出玉门关，前往遥远的异地。

班超高大魁梧，十分出众。他相貌敦厚，目光锐利且带有一种异样的光彩，开口之前必凝视对方，使人不禁产生畏惧感。他平时寡言，一旦说起话来，声音低沉，侃侃而谈。

当时，西域地区有三十几个以城邑为中心的小国坐落在塔里木盆地周围。天山山脉南麓有车师前国、车师后国、焉耆、龟兹、姑墨、温宿、疏勒等国，统称北道诸国。昆仑山脉北麓有于阗、莎车等国，统称南道诸国。此外，在距汉最近、不论去南道诸国还是北道诸国都要经过的地方，还有一个鄯善国。

据《汉书·西域传》记载，这三十几个散居小国“皆在匈奴之西，乌孙之南，南北有大山（天山山脉和昆仑山脉），中央有河（塔里木河），东西六千余里，东则接汉，厄以玉门、阳关，西则限以葱岭（帕米尔高原）”。居民属于印欧语系伊朗语族，被当时的汉人统称为“胡人”。

班超及三十六名部下出玉门关，在沙漠中行走了十六天，除累累白骨外别无所见。正如史书记载，这是一片上无飞鸟下无走兽的沙漠之海。第十七天清晨，脚下的大漠变成了坚硬的盐质土层。又走了一天，他们看到了远处的城邑，那就是鄯善国。

国王广身着汉服，热情出迎班超。班超在鄯善盘桓数日后，突然感到对方态度变得冷淡，后来得知原来是匈奴的部队来了。

班超表情严肃地问鄯善侍者：“匈奴使者想必已经赶来，现在何处？”

侍者战战兢兢地答道：“三天前就到了，驻扎在三十里外。”

当夜，班超抓住机会，顶着狂风袭击匈奴驻地，火烧敌营，使之陷于混乱，斩杀匈奴使者及随从百余人。这是班超在西域的首次战斗。翌日清晨，班超向鄯善王亮出了匈奴使者的首级，迫其立誓臣服大汉，并挟其子为人质。一个月后，班超归汉，因功擢升军司马。

同年，班超再次受命，出使西域于阗国。此行跟随他的仍是那三十六名部下。班超拒绝了窦固的增兵，因为出使西域更需要众人同心同德，而不在兵力多寡。

班超一行再次出玉门关，越过流沙，途经鄯善，沿南道前进，走了三十多天终于到达于阗国附近。要进入这个国家，必须越过一片沙漠，这里的沙漠热风使班超损失了三名部下。于阗是匈奴归属国，所以与鄯善国不同，班超一行遭到冷遇。

当时于阗国盛行巫觋之风，有巫者向国王进言："汉使有一匹浅黑色马，速速要来供奉于我。"国王广德便遣使者到班超处要马。

班超要求巫者亲自前来，待其一来，便将之斩了。广德大为惊恐，杀掉派驻本国的匈奴官员，以子为质，宣誓归属于汉。

这样，鄯善、于阗皆归顺于汉，南道时隔五十多年再次与汉地相通。这一年，在班超远征的同时，窦固、耿秉率领大军出击大败匈奴。十一月，大军出敦煌北的昆仑要塞，袭击匈奴，进而入西域，至北道的车师后国、车师前国，降服之。

永平十七年，班超第三次前往西域，出使西域地区最远的疏勒国。疏勒与洛阳相距一万三百里，城内到处可见驮着棉花和羊毛的驴，水流丰沛的疏勒河从城北流过。疏勒国王为邻国龟兹所杀，龟兹人兜题为王，疏勒国民众十分不满。

为拯救龟兹统治下的疏勒国，班超前往兜题的寝宫，伺机斩了兜题，立先王兄长之子忠为王，在疏勒民众中赢得声望。

疏勒城拥有两万一千户，兵力三万有余。班超知道，将此地作为治理西域的基地实乃良策，便派遣使者上报将军窦固驻留此地，并获得许可。

如此一来，鄯善、于阗、疏勒、车师前国、车师后国一一归顺于汉，汉重新设置西域都护，命陈睦为都护，耿恭为戊校尉，关宠为己校尉。

陈睦和耿恭领数百名士兵驻扎在车师后国的金蒲城。关宠同样率领数百名屯田兵驻扎在车师前国的柳中城。留在疏勒国的班超决心埋骨异域，自汉接来妻子和儿女。

然而，明帝的西域政策未能持续半年，在永平十八年初，北方的匈奴便意欲夺回西域。

三月，匈奴突然派三万大军前来，包围了车师后国。金蒲城的陈睦和耿恭率三百士兵迎战。耿恭向匈奴宣称握有汉家神箭，随后便向敌阵放毒箭，震慑匈奴阵营，接着又借暴风雨之势袭击敌阵，迫使匈奴向北逃窜。

五月，为防止匈奴的再度来袭，耿恭从金蒲城分兵移驻至小城。

七月，匈奴再次进攻，将陈睦和耿恭包围在各自城内。匈奴堵住耿恭驻城外的溪水，城内深受缺水之苦。耿恭命掘井十五丈，却滴水未得，于是他面对水井整衣再拜，祈祷数刻，清水自井中涌出。敌军得知此事，以为是神明所佑，因而退去。

八月，明帝驾崩，汉举国大丧，紧闭玉门关，未派一名援兵。车师后国由此反叛，投靠匈奴，其他西域诸国也逐一举起反旗。

这年十一月，龟兹、焉耆两国进攻金蒲城，杀死都护陈睦和两千汉兵。匈奴与之呼应，攻击关宠防守的柳中城，关宠在敌军包围中阵亡。

噩耗相继传来，车师后国和匈奴大军亦包围了耿恭驻守之城。耿恭在困境中坚守数月，最后只剩数十人，但仍未弃城。匈奴派使者劝降，耿恭斩了来使。

此时，汉章帝即位，不久就改变了对外政策，废除西域都护，从西域撤军。

建初元年（公元 76 年）正月，汉派七千士兵援救坚守异域孤城的耿恭。援军进攻车师前国都城交河城，斩杀三千八百人，俘虏三千余人，另外还缴获三万七千头骆驼和羊。两千援军在一丈多深的大雪中，救出了因饥饿濒临死亡的耿恭及其部下。出城时尚有二十六人幸存，归汉途中一个接一个死去，结果在三月进入玉门关的只有十三人。

而此时，身居西域腹地疏勒国的班超正与疏勒王忠一起迎战龟兹、姑墨军，朝廷却派来使者传令回师。这对班超来说简直如同晴天霹雳。在班超踏上归途之际，百姓向他诉苦，疏勒一旦被汉军遗弃就只能沦为龟兹的牺牲品。有一名都尉竟在班超面前结束了自己的生命。

班超和部下撤回于阗，那里的平民百姓也都在痛哭，几人还抱住他的马腿不肯离去。此时，第二次命令他班师回朝的使者来到于阗王城，告知耿恭已被救出，近日将和援军一起返汉。

班超眼前浮现出耿恭瘦小的身影，他欣赏这位出身名门的年轻将领。坚守城池一年之久，饿死也不弃城，这确实是耿恭的个性。班超深知耿恭所经历的磨难难以言说，世上恐怕只有班超才能体味。他知道，耿恭并不愿意重返汉土。

“我决定留在西域。如您所见，于阗百姓是不会让我东去的，我想重返疏勒。请您将此转告耿恭。”班超对使者说。

班超带领妻儿和二十余名部下返回疏勒国。城下的杨柳已逐渐转黄，护城河对岸黄尘滚滚。班超驻马，良久地注视着这片土地，或许将来自己就要长眠于此了。

就在班超离开疏勒后不久，这里就发生了暴动。于是班超入城杀了里通龟兹的六百叛逆者，平复了动乱，使疏勒国重归平静。

此后，班超虽身居疏勒，但并不干涉内政，而是作为国王忠的军事顾问，手中只掌握兵权。他尊敬长于马术和弓箭、英俊精悍的年轻国王忠，忠也对班超充满感激，盛情优待他。

建初三年，姑墨和疏勒敌国龟兹同谋，对抗疏勒。班超率疏勒、康居、于阗、扜弥共一万士兵，沿于阗河、塔里木河流域的沼泽地北上，途中取道沙漠，袭击敌阵，斩杀敌军七百。

此次远征历时两个月。

自远征归来，班超便决心上书朝廷，建议采取以夷制夷的政策。

> 臣窃见先帝欲开西域，故北击匈奴，西使外国。鄯善、于阗即时向化。今扜弥、莎车、疏勒、月氏、乌孙、康居复愿归附，欲共并力破灭龟兹，平通汉道。若得龟兹，则西域未臣服者百分之一耳。

以上为长篇奏文的文首。随后，班超奏请任命龟兹派来的侍子白霸为王，配以兵力，攻打龟兹。他还提出莎车、疏勒地广土肥，供给汉派遣军尚有余力，要求出兵讨伐龟兹。

这正是利用夷狄之兵和夷狄之粮的外征政策。班超向多年在异域共度患难的部下招募使者，向朝廷递送奏文。

有一名赵姓部下前来请命，他年届中旬，生性笃实，用兵神速，愿在任何情况下为班超舍命。班超认为能肩负重任前往万里之外朝廷奏请的人非其莫属，但最后却将此项重任交给了他人。

“为何不让我担此重任？”赵姓部下问。

“朝中多数人并不了解西域，能否采纳我的建议完全不可预测，胜算的可能性只有百分之一。我不愿因此舍弃自己的左膀右臂。”班超回答。在这异域之地，他不想放走最值得信赖的属下。

班超如此担心，却没想到他的上奏竟被朝廷采纳了。

汉章帝任命徐干为假司马，从各地囚犯中招募了一千名志愿兵，派往西域支援班超。

徐干的部队到达疏勒时，正值班超内外受敌而陷于困境。莎车叛变，与龟兹为伍，甚至连疏勒国内都出现了叛逆者。

班超得到援军协助，平定内乱，斩杀千余叛逆者。他决定暂不讨伐龟兹，再次上书汉廷，建议宣抚乌孙。

此后，使者往来渐次频繁。有使者告知班超，洛阳城内散布着有关他的流言，内容令人难以置信。流言称他身居异域，拥娇妻抱爱子，贪图安逸，忘记了故土。

不久，班超得知散布流言的是一个名叫李邑的人。此人曾经自荐出使乌孙，途中为龟兹所阻，未能完成使命。班超并没有对李邑这样的人感到气愤，让他生气的是那些轻信小人谗言的故土百姓。

班超决定让妻子返汉。那一日，他透过居室的石窗看着骑在驴背上的妻子及护卫她的一行骑兵渐渐向东远去。黄沙滚滚，遮天蔽日，妻子的瘦小身影消失在沙尘之中。

汉廷换掉李邑，再次派使者前往乌孙。乌孙答应通交，并将侍子作为人质送至汉土。不久，乌孙王派使者携礼来到疏勒国，拜望班超。此时距班超送妻返汉大约已有半载。

班超隆重款待了远道而来的乌孙使者，并表示："凡我所有，若有所望，不论何物皆当进奉。”

乌孙使者认为班超是故意客套，便说：“我想要您排在第十位的珍贵宝物。”

“我最珍贵的宝物已经回到了故土，作为与贵国通交的保障。所余之物已经没有可以称为宝物的了。”班超答道。

翌年，即元和元年（公元84年），和恭率八百部下来到西域援助班超。

班超于是出兵讨伐莎车。但疏勒国王忠因接受莎车贿赂，背叛了多年患难与共的班超。

班超辅佐府丞成大为王，欲讨伐忠，却因康居国出兵援忠而未果。忠和康居军一起远离疏勒而去。忠的反叛让班超感到夷人之心难以捉摸。两年后的元和三年，班超俘获率领康居军队攻打而来的忠，拔刀相向。这位他曾经尊敬过的年轻旧主眼里燃烧着仇恨之火，不知是怎样一种仇恨。“胡鬼！”班超大喝一声，忠人头落地。

自此，生性寡言的班超变得更加少言寡语。

章和元年（公元87年），班超在疏勒、于阗等国召集两万五千兵力，再次攻打莎车。这时军中有谣言传出，说赵姓部下私娶于阗女为妻，沉溺儿女之情，丧失斗志。班超起初并不在意，可再次听闻此言便将赵姓部下召来，以确认真伪。

“确如其言。”赵姓部下坦言相告，“但我绝没有因此丧失斗志，无论多危险的任务都愿领受。”

班超信他并无半句虚言，但仍命其将那女子即刻送回于阗。

赵姓部下受命将女子带到班超面前。这是一名戴着耳环的于阗少女。赵姓部下给了她驴和水瓶，将其送走。女子的哭声久久停留在班超耳际。他让赵姓部下做了自己曾经做过的事。

第二天，在莎车和疏勒国交界的耕地里发现了那名女子的尸体，胸口中了两支毒箭。原来她在返回于阗途中被莎车兵杀死了。

班超派人去找赵姓部下，命他将女子安葬，但军中已不见他的踪影，甚至班超亲自去找也没有找到。与他患难多年的部下逃走了。

这次急袭莎车和龟兹联军，班超斩获了五千首级，缴获大批马匹财物。一回到疏勒，他就派人四处打探赵姓部下的去向，但仍杳无音讯。

这一年，长期顽抗的莎车王投降了。

永元元年（公元 89 年），汉章帝驾崩，其子和帝继位。自班超首次入西域，出使鄯善，不知不觉间已过去了十七年。班超已五十有八。多年来他通过武力和外交政策，使南道诸国悉数臣服于汉，然而北道尚有龟兹、焉耆两敌国。这两个国家倚仗匈奴势力，一直强硬反抗，班超始终未能得以进攻。两国与疏勒有大漠相隔，位于一个多月路程之外的遥远之地。虽然可以集北道诸国之兵力，但作为主要力量的汉军却很少，很难给有彪悍匈奴军队支持的龟兹、焉耆联军以彻底的打击。

自唯一的南道同盟莎车投降班超后，龟兹和焉耆不再动用远征大军，但混杂着匈奴骑兵的队伍还是常常出现在南道诸国，小规模的战斗接连不断。

班超听属下说，龟兹军内有一名勇猛将领与赵姓部下十分相像，有人认定就是他，不会是别人。

“为何这么肯定？”班超问。

“匈奴军先是在远处射箭，了解我方兵力后，才会从各处挥刀奔来。与赵将军相像的那人战术则完全不同，靠得很近才放箭，等箭射尽便驱马归队，疾风一般飞驰而去，这正是赵将军善用的战术。”那人回答。

然而，那人究竟是不是赵姓部下，无人能够证实。

永元二年五月，班超一部受到葱岭以西大月氏七万兵力的攻击。大军来袭的消息传来，城内顿时乱起，但班超并不惧怕，敌军虽兵力众多，补给线却延伸了数千里，远途劳顿。

果然，大月氏在围攻期间，粮食补给陷于困境，于是派兵东去向龟兹求援。班超趁势派出伏兵，一举拿下敌军。大月氏大为恐慌，向班超求和，不久越过葱岭，将符拔、狮子及珠玉等物产馈赠班超。

这一年五月，汉派将军窦宪进攻游牧于伊吾庐一带的匈奴，将其彻底驱逐。受此影响，此前一直叛服无常的车师前国、车师后国也前来宣誓对汉的服从。第二年永元三年二月，窦宪再次越过边境五千余里,在金微山（阿尔泰山）麓打击匈奴，俘获俘虏四千。

匈奴从此向西迁移，再未出现在漠北。西域的龟兹、焉耆也从此失去依靠，力量逐渐衰弱。

击退大月氏，打败匈奴，汉威逐渐影响整个西域。这一年十月，宿敌龟兹也率姑墨、温宿两国之兵前来投降班超。

设立仅一年多的西域都护于建初元年就不得已而废掉，相隔十五年后终于于永元三年十二月得以重新设置。班超被任命为都护，长年援助班超的徐干为长史。班超率部移至龟兹，徐干继续屯驻疏勒。此外又设戊校尉，率兵五百驻车师前国的高昌壁，设戊部侯驻车师后国的侯城。

来自洛阳的使者给西域都护班超带来的首件消息，便是其兄班固死在狱中。班固是一代儒家，晚年曾作为大将军窦宪的参议参与讨伐匈奴，却因私怨入狱，死在狱中。这一消息使班超黯然神伤。多年身居异域忙于战事的班超，第一次为久未相见的骨肉至亲落泪。他的母亲和妻子都已在数年前去世了。

接到长兄班固的讣报后不久，又传来另一噩耗：当年曾经苦战西域的耿恭去世。这位当年的西域勇将后来又讨伐西羌，战功在身，最终却因谗言入狱，在失意中死去。曾为兄长班固之死而涕泣的班超，面对耿恭之死已不再流泪，只是整整一天蛰居家中，拒绝见任何人。

永元六年秋，班超发兵讨伐拒绝降汉的焉耆以及焉耆的附属国危须、尉犁。他集结龟兹、鄯善等八国的七万兵力和一千四百名士吏、商人，首先讨伐焉耆。一进入尉犁境内，班超就派使者前往三国，告之："都护来者，欲镇抚三国。即欲改过向善，宜遣大人来迎，当赏赐王侯已下，事毕即还。今赐王彩五百匹。"

焉耆国握有实权的左将军北鞬支代替国王前来，奉上牛、酒。班超责问道："都护自来，王不以时迎，皆汝罪也。"赠礼后命其返回。

不久，国王广携礼来到尉犁，迎接班超。但为了不让班超的队伍进入焉耆国内，国王广破坏了一条交通要道——一座横跨芦苇丛生的沼泽地的桥。若不通过此处，大军就无望进入焉耆。

班超得知此事，便取道他途，从一片湖泊涉水而过，进入焉耆。

焉耆国的一名官吏遣使前来暗通，愿为内应。班超却将这名使者斩首，并限期召集诸国国王前来，来者都将重赏。

焉耆王广、尉犁王汎以及北鞬支等三十人相继前来。大臣腹久等十七人害怕被诛杀，投湖自尽。危须王没有前来。

"危须王为何不来？腹久等人为何投水？"班超怒颜厉色责问广，呵斥众人。他脸色严峻，令人畏惧，与平时判若两人。

随后，班超攻入都护陈睦曾经遇害的故城，斩了广和汎，又向三国派兵，平定内乱，俘获一万五千人和三十四万马匹、牛羊。

班超在焉耆驻留半载，拥立新王，平定动乱，最后凯旋龟兹。

第二年，即永元八年，班超得封定远侯，赐领地千户。

永元九年，班超派甘英出使大秦国（罗马帝国）。甘英途中在安息以西被当地人所阻，未能达到目的而返汉，但汉威已越过葱岭，朝贡之国远及四万里之外。

永元十四年年初，班超上书请求返汉。

> 如自以寿终屯部，诚无所恨，然恐后世或名臣为没西域。臣不敢望到酒泉郡，但愿生入玉门关。
>
> 且得延命沙漠，至今积三十年。骨肉生离，不复相识。所与相随时人士众，皆已物故。超年最长，今且七十。衰老被病，头发无黑……

诚如此长篇上书所言，班超淹留异域三十载，现已七十有一。班超的请求为和帝所准，这一年春天终于命其返汉。

接到命令后，班超立即从龟兹出发。出发前他召来新任都护任尚说："塞外吏士，本非孝子顺孙，皆以罪过徙补边屯。而蛮夷难养易败。水清无大鱼，察政不得下和。宽小过，总大纲而已。"

这是班超三十年异域生活的切身体会。怀有叵测之心的并非只是疏勒王忠一人。

七月，班超踏着流沙向东前行。当年随他经此西行的三十几名部下，如今已无一人在世。热风一起，沙粒飞扬，顷刻间便会把队伍埋没。沙漠与往年相比毫无变化，唯一改变的是往来于此的胡人驼队更多了，一次次从目力已不济的班超眼前通过。

班超如愿活着进入了玉门关，通过他原以为不会再复返的酒泉郡，穿过几个胡族商贾聚集的市场，又走了三千余里，八月末终于进入都城洛阳。一入城，班超立即去拜谒和帝。自明帝时受命出使西域，世事变迁，现已有章帝、和帝两朝天子。和帝尚是一位二十四岁的年轻天子。

拜谒结束，班超走出皇城，带着三名随从漫步在店铺栉比鳞次的洛阳街头。城中胡人风气和胡人习性非常醒目。路人的服饰都很华美夺目，有妇女佩戴着产自于阗玉河的玉饰。商市极其繁荣，出售胡地物产的店铺比比皆是。班超看到自己在异域的多年辛苦终于没有白费，种种辛劳皆化为了洛阳城中四处可见的西域风貌。他继续沿着街巷走下去。

“胡人！”

幼童的喊声让班超停下了脚步，他知道“胡人”指的就是自己。三十年的异域生活使他变得更像一个老胡人。大漠的黄尘改变了他皮肤和眼睛的颜色，孤独的岁月夺去了他身上汉人固有的从容和稳重。

班超本来就有胸胁之疾，拜见和帝之后一直卧病不起。和帝遣人探问病情，赏赐医药。

九月初，班超暂时康复，拜谒和帝，详细申奏西域情势。当日出皇城之后，他又在洛阳街头漫步。

“胡人！”一群路旁嬉戏的幼童冲他喊道。

随后，他走进街市西北角一片胡人居住区，那里西域各国男女操着自己本国的语言招呼客人，出售商品。班超在途中遇到一位匈奴老人。老人虽瘦弱不堪，衣衫褴褛，但目光炯炯。看到这位老人，班超萌生了一种类似于故交的情感。

片刻之后，他想，这不会是离自己而去的赵姓部下吧？如果是，那他也会因多年留居漠北，为匈奴习俗所化，改变了容颜和风采。

翌日，班超病重而卒，距他进入洛阳城仅仅过去了十多天。汉廷深悼其亡，下令厚葬。

班超去世后，西域再起祸乱。都护任尚不得人心，西域诸国群起反叛，攻打之。段禧继任都护后，仍是战火不断。因西域道远多险阻、胡族叛服无常、派遣军费庞大，安帝永初元年（公元 107 年）六月，汉廷放弃西域，召回都护、屯田官吏和士兵，再次紧锁玉门关。

此时班超已去世五年。

洪水

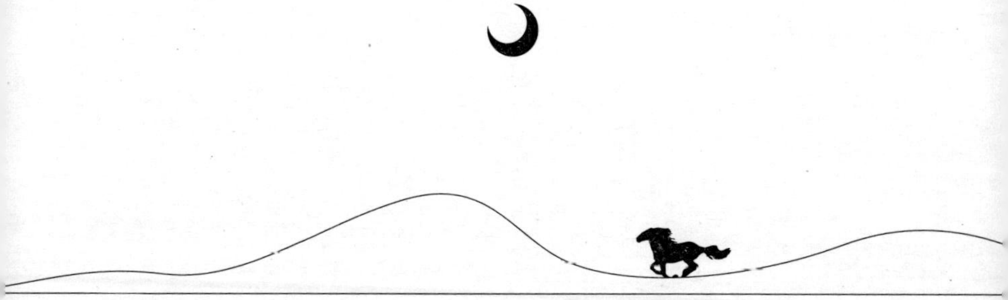

汉献帝（公元 189－220 年在位）末年，索励率一千敦煌兵出玉门关，要在流经塔克拉玛干沙漠东部的库姆河畔建立新的武装屯田基地。时隔三十年，汉廷军队再次越过边境，进入塞外之地。

自汉武帝首次以武力通西域以来，已经过去三百年的漫长时间。这期间，汉和匈奴在西域斗争不断。玉门关、阳关时开时闭，汉威曾一度远及昆仑山之外，而匈奴也曾越过玉门关进犯到黄河流域。

从西汉到东汉，历代天子无一例外都对匈奴问题感到棘手，不能高枕无忧。要收复河西就必须攻打匈奴，要攻打匈奴就必须通西域。然而通往西域的道路遥远而多险阻，加之胡人叛服无常，且派遣军费庞大，因此历代统治者都即位不久便不得不放弃西域，这一宿命般的轮回不断重复着。

索励进军西域，无非也是这漫长历史中的一次轮回。三十年前汉放弃西域，而近年来匈奴的骚扰愈演愈烈，河西地区一年之内多次遭受匈奴铁蹄蹂躏。因此，为再次扫除匈奴根据地，献帝不得不向西域派兵。为日后大批汉军进驻做准备，先行前往建设军事基地的任务就落到了索励肩上。史书虽记载有“敦煌索励，字彦义，有才略”，直至进驻西域前，他的情况全然不为人知。

自古以来，派往西域的士兵大都是些囚犯或不良之徒。武帝时，初次出使西域的张骞带领的也都是强蛮之徒，为求良马而入大宛的贰师将军李广利的部队也净是亡命之徒。即便后来在西域立下赫赫战功的班超、班勇也不例外，都是招募天下有罪之人、无行之辈，编成自己的部队。

大规模的西域派遣军尚且如此，不难想象索励率领的一千屯田兵该是怎样的无名小卒。这位年已四十过半、出身边地的中年武将，从敦煌边境驻军中特别挑选了些亡命之徒作为随从。而对每个被收编的士兵唯一的要求是具备拉开强弓的强健臂力。

索励和众人都认为这一千士兵一旦出了玉门关，就别想再重返汉土了。这天，索励在队伍最前头催促着骆驼前进，队尾离开玉门关城墙不到半里时，部队暂时停止了前进。索励没有下达任何命令，而是想给士兵一个机会，让他们与故国诀别。部队是在拂晓时集合的，可出发的准备时间比预计的长很多，太阳这时已经高高升起，让人联想到正午的酷热。玉门关城墙在明亮的光照中浮现出灰色的身姿，显得极其阴郁。

索励望着玉门关高耸的望楼，视线离开时则又恢复了往日的锐利目光和坚定表情，下达了前进的命令。

索励毕生都是在与匈奴的战斗中度过，屡次被调换到边防，半生都投注到了与异族的斗争中，所以现在无论被调遣到哪里，他都能丝毫不为之所动。但这次进兵西域让他多少有些不同于以往的感慨。他深知在敌人势力的中心建立一个小小的根据地意味着什么。那意味着自己今后的时光将要在与匈奴无休止的斗争中消磨，意味着自己将在对叛服无常的西域诸国施行怀柔政策的过程中落个粉身碎骨。而且为了生存还必须耕田，即使侥幸在库姆河畔屯田成功，要在沙漠中长期坚持下去也几乎是不可能的。朝廷积极支援的话尚可支撑，否则，士兵们的命运将和开垦出来的耕地一样，最终被遗弃在黄沙之中。朝廷的支援也指望不上，日渐衰败、忙于治内的汉廷随时都可能改变政策。朝令夕改是这些年来当权者的惯例。

这天下午，索励的部队进入一望无际的沙海腹地。自第三日起，沙漠变成平缓的沙坡四处伸展开去，越过一个沙丘，接着又是一个沙丘。自第四日起，部队呈战斗队形前进。那天晚上，队伍找到一小片绿地宿营。夜里，不知道从哪里得来消息，有十几个穿着特异的男女前来卖水，那是阿夏族人。

索励召来其中一个年轻女子，留宿在自己帐内。女子没有反抗。她的身体像涂了油一般闪着光，皮肤像鱼一样冰凉。这女子是阿夏与汉人的混血，懂一点汉语。

她告诉索励这附近曾经叫作龙都，是羌来的都城。羌来这个夷狄名称索励还是第一次听说。从女子的叙述中判断不出那是什么年代，只听说那座城邑非常之大，日出时从西门出发，日落之后才能到达东门。城邑建在临湖的一片平缓坡地上，一条宽阔河流沿城而过，流入湖中。站在城内高处向西朝湖望去，那河宛如一条曲身而卧的长龙。城脚下，广阔大地上是厚厚的坚硬盐层，途经这里的旅人必须在地上铺上毛毯才能让随行的牲畜安睡。那里一年四季不分昼夜经常雾霭弥漫，所以有时候看不到太阳、月亮和星星。那里不仅住着羌来人，还住着很多妖魔。一天夜里，湖中起了异变，这座巨大的城邑便沉入了深沙之中。

月光透过帐篷照进来，索励在月光中捕捉着这个正在讲故事的女子的身影，第一次感到自己被她迷住了。

次日，索励让这女子加入到队伍当中。为了瞒过生性粗野的士兵，他听从随从的劝告，让女子装成男人并将她骑的骆驼安排在自己身边。

两日之内，所有士兵都知道了队伍里有女人，可谁也没有靠近那女子，因为他们惧怕索励。

自第七日起，部队进入沙石地貌的原野，以人骨和兽骨作为行路标识，继续行进。从这天起连续三日，每日都能见到一处无人城郭。所有城郭都被半埋在沙土中，望楼、塔等所有建筑都向西倾斜。这里曾是胡族城邑，随着时代的变迁，多次沦为汉兵和匈奴兵的驻地。然而现在，这里却荒无人烟，俨然成为遗弃在沙漠之中的废墟。

看着这一座座将要被黄沙吞没的城郭，第十日，部队到达离目的地库姆河还有半日行程的地方。前一日就开始下的雨变成了暴雨，人、马和骆驼都被淋成了落汤鸡。大家在雨中支起帐篷宿营，雨水透过毡布落进里面，士兵们的身体被隆冬的寒气紧紧包裹。

令人意外的是，当夜鄯善国的十几个士兵代表鄯善王带着粮食前来，以示欢迎。随后半夜时分，又来了三个用骆驼驮着粮食卖粮的龟兹商人，据他们透露，索励准备前去屯田的库姆河河畔有一个村子，两三日前，就有匈奴的大部队在那里集结。

索励闻此，立即向部队下达了前进的命令。虽说已是半夜，他不想错失这次奇袭匈奴部队的机会，试图一鼓作气将他们全部消灭。部队在黑暗中出发，冒着大雨继续前行，拂晓时分终于到达库姆河河畔，与匈奴正集结的村落隔河相望。

索励站在岸边，在拂晓的晨曦中看到浑浊的河水卷着狂涛奔腾而去。此时渡河是不可能的。如果此时能渡河，那么袭击匈奴部队，将其赶走，想来是轻而易举的。这看似简单的事，眼下却被疯狂的库姆河阻挡了。

索励无计可施，只能呆站着。河岸边的芦荻长得很茂盛，除此之外找不到一棵可以避雨的树。索励无奈，只得将部队集结在岸边，任凭雨打。就这样，小半个时辰过去了。这时，一个部下走到凝视着浑浊洪流的索励面前，说："自古以来传说为了平息河神的怒气，要用女子进行活祭。现在，除此以外别无他法。"此人姓张，十多年来在沙场上与索励同甘共苦，深得其信赖。

听了部下的进言，索励默不作声。张某进一步说："晚一天渡河，匈奴的势力就会强大一分，这样下去对我们很不利。"

索励仍旧沉默，片刻后终于答道："王尊建节，河堤不溢。王霸精诚，呼沱不流。水德神明，古今一也。"随即令人在岸边修筑祭坛，前去祈祷。他无论如何也不想将那女子投入浊流，而打算用祈祷的方式代替献祭，以求库姆河水势减退。如果往昔镇服河流的故事是真的，那么自己未必不能做到。

祈祷了一个时辰，浑浊的河水看不出任何变化，水势非但未减，反而一个劲儿地往上涨。又祈祷了一个时辰，河水开始漫到岸上，不知何时，那浊流浸到士兵及牲畜脚下。尽管如此，索励还是没有离开祭坛。

张某走近索励，再次提出活祭："与其这样祈祷等待神意，不如将那女子投入河中，岂不更快？"见索励根本不予理睬，他又说，"既然如此，就该立即往高处撤离，否则人、马和骆驼都会被水冲走。"

这时索励突然拔刀出鞘，将刀背衔在口中，仰面向天。他睁大双眼，密集的雨滴不断地打在脸上。士兵们屏息凝神，注视着眼前的索励。他的神情中有一种骇人的阴气。就在这时，只见索励面前的祭坛突然倾倒，眨眼之间便淹没在浊流之中，只留下神情异常的索励依然脚踏浊流伫立不动。

过了一会儿，索励转过身子，将衔在口中的刀取下，向士兵吼道：“吾之精诚所以不能通天，是因恶魔居于此河中。既然如此，只能以武力挫败恶魔，退水后强渡此河！”

在士兵听来，索励的吼声宛如雷鸣。

这时雨停了，水势却愈来愈猛。索励让部队后退数十丈，在地势稍高处排成战斗队形，布好阵势。

弓箭手一齐将箭射入河中。无数利箭接连不断落进浊流中央，瞬间便被黄色的浊浪吞没。射发几百支箭后，徒步的士兵们高喊着一齐拥向河边。在隆隆战鼓声中，士兵们冲进暴涨的河中，浸在齐膝深的水里，挥舞着大刀和长矛向浊流砍去、刺去，水中飞沫四溅。就在这场与河水交战的高潮中，有几个士兵因站不住脚，被浊流卷走了。

战斗一直反复进行到黄昏。因为要在高处布阵，队伍节节后退。不论是在指挥战斗的索励眼中，还是在与洪流殊死搏斗的士兵眼中，不知何时，奔腾的浊流化作了巨大的妖魔。妖魔扭动着身躯，疯狂地挣扎，汹涌地袭来，后退，再袭来。

到了晚上，士兵们筋疲力尽，倒在浸水的高地上睡着了。

第二日，天气虽已转好，但水势并没有下降的征兆。而比昨日更甚，浊流竟卷起了漩涡。与库姆河的战斗从清晨就开始了。同前一日一样，士兵们向河里射箭、投石，在浊流中挥舞大刀和长矛。中午时分，士兵挥动的大刀和长矛在宛如由严寒一下变为酷暑的强烈的阳光照射下，发出异乎寻常的耀眼光芒。“敌人”也毫不示弱，每一回合，浊流都要吞没几个士兵。

夜幕再次降临。鄯善、焉耆、龟兹三国将领各率一千士兵赶来。他们多年为匈奴劫掠所苦，正盼望着汉兵进入西域，一听到索励出兵西域的消息，就马上赶来，宣誓归顺于汉。

于是，索励命语言风俗不同的胡族士兵也夜以继日地参与到战斗中来。四千人的大部队在洒满蓝色月光的沙漠上排成三列横队。战鼓一敲，士兵们便高声呐喊以示宣战，向激流出击。一队退下来，另一队代之而上。而水势依旧不减，在月光下卷起黑洞洞的漩涡奔腾而去。

终于，索励决心进行最后一次拼死的突击。他将部队所有马匹集中到一起，让身体强壮的士兵骑上去，打算连人带马一起冲进激荡的河流之中。索励亲自带领三百余名骑兵，一声令下，战马同时踢踏黄沙，跃入水中。索励不顾一切地挥舞着长矛，与此同时，他感到自己的身体和马匹一起像离弦的箭一样向下游冲去。不知过了多久，索励和马一起被抛到浅滩上。他抱着马脖子上了岸。几十匹马已站在岸上，湿漉漉的身躯在月光下闪着光。既有失去骑兵的战马，也有失去战马的士兵。战马和士兵接连不断地爬上岸来。

索励让士兵列队清点人数。人和马都损失过半。他们被冲到了很远的下游，为了返回原来的驻地，不得不在被水淹没的原野上走了近一个时辰。

回到集结地，索励又一次命令残存士兵再度进攻。他这次仍打算身先士卒，但战马不听命令，不肯向前迈步。不仅索励的马，所有战马都是如此。索励拔刀当鞭策马，士兵们纷纷仿效。基于前次经验，这次索励和士兵都弃矛握刀。终于，骑兵们聚成一团，勇猛地冲向河岸。

索励来到岸边，不由得拉住了缰绳，高举大刀，命令紧跟在后面的士兵停止前进。但仍有几个士兵没有止住马坠入了河中。索励惊呆了，他简直不敢相信自己的眼睛，刚才还是满涨的河水，不知何时竟退了一半，浊流依旧奔腾着，但河岸已露出水面几尺高了。

索励叫来张某。张某应声赶来，也呆呆地伫立在那里，注视着河面。整个队伍到处是庆祝战胜库姆河的欢呼声。

半个时辰过后，队伍分成几支陆续渡过退了潮的库姆河。然后，汉兵、鄯善兵、焉耆兵和龟兹兵汇成一路，不失时机地袭击了距河五六里远的匈奴营地。

战斗一直持续到拂晓时分才完全结束，而前去追击败逃敌兵的队伍到第三日才全部返回。索励曾下令，敌兵若有一人尚存，就不许停止追击。

此后一年间，索励在从匈奴手中夺取的库姆河畔小村落中，进行了小规模的武装屯田。首先建起临时兵营，之后将库姆河河水引进村落周边的广阔地带，灌溉农田，开垦耕地。龟兹、鄯善等国士兵接连不断地被派来协助。索励一举粉碎匈奴大军，英勇之名传遍西域，其征服库姆河的威武之举，使塔克拉玛干沙漠周围的三十多个西域国家都深感畏惧。

因为有索励在库姆河畔屯田，之后一段时间匈奴都没有在此地再出现。汉军还在屯田地和玉门关之间建起了两座望楼，以此作为中转，由汉地进入西域的商队渐渐增多。而来自西域的大小商队也频繁经此地前往汉地。

“汉将像以往那样，在西域设立西域都护”，商队商人煞有介事地传播着小道消息。这倒不一定是谣言，在西域诸国，设置都护的呼声本来就很高。实际上，上奏汉廷请求这样做的西域使臣，已经通过索励驻屯的村落向东而去。

第二年，索励开始修建大规模的兵营和城墙。兵营用木板和砖瓦建成，墙上涂一层泥，用苎麻席子铺房顶。建造了四座能容纳五百名士兵的大兵营，还在兵营旁边修建了两座望楼。城墙不仅把兵营、练兵场，还把整个村落围在其中。城内有市场、寺院，还有公共墓地。西域诸国为工程提供了原料和劳动力，施工现场常常混杂着粟特语、于阗语、匈奴语和各地汉人土语等各种语言。站在城墙上极目远望，只见城下耕地向四周扩展开去，耕地间水路沟渠纵横，水渠边还种有一些不太高的白杨树，似乎是为了指引着水流的方向。

索励部下一半士兵修筑城池，另一半和附近村民每天出城耕作。第二年，他们得到了首次收获，谷子和小麦各有五十万石。这个产量大概会年年大幅度增加。

士兵们忘记了打仗，专心于种田和筑城。索励则一直与那阿夏族女子同居。这女子虽沉默寡言，不引人注目，但索励很爱她。她不知给索励的胡地生活带来了多大安慰。兵营里只有索励的住所色彩亮丽。黏土地板上铺着芦席，上面还铺了一层鲜艳的绒毯，地上摆着水瓮，房间架子上摆着西方的玻璃盘子和其他器皿。女子没有化妆，用一些美丽的饰品装扮自己，戴着薄青铜做的戒指、碧玉项链和白玉耳环。

小麦初收时节，即索励进驻西域整整一年之际，朝廷通过驻守敦煌的西域长史对索励给予嘉奖，同时向其传达返回汉土的命令。索励称屯田刚刚开始，希望暂时留在西域。索励从使者那得知，自己与库姆河交战一事在故土被广为称颂。使者说，出使大宛的将军李广利被封为贰师将军，若索励回国，应会得到同样的荣誉，关于这一点京城人都心知肚明。索励半生与荣华显达无缘，他自己都深信这是命中注定的，对于这种意想不到的荣光，只觉得受宠若惊。

对于此事，索励虽没有透露半句，但消息很快就传遍了部队。士兵都沉浸在回乡的热望中，无论走到哪里，话题都只有这一个。

阿夏女子也听到了这一消息，便询问索励。索励告诉她，目前自己丝毫没有返汉的想法。这女子生来不是喜怒形于色的人，可当她听到索励并无返汉之意时，心中的喜悦竟使她的双眼充满生气，话也多了起来。她的眼睛闪着光，尽情说笑，一整日都在用各种饰品打扮自己。这深深打动了索励的心。

索励召集全体士兵，澄清了军中谣言，宣布今后还要与匈奴长期战斗，无论何人，如若再提返汉一事，绝不宽容，罪当问斩。

结果，索励的话真的应验了。几日后，士兵不得不连续几日放下铁锹，重新拿起搁置已久的弓和刀，与来袭的彪悍匈奴骑兵队作战。此后，面对匈奴的屡次来袭，士兵们时而拿起铁锹耕作，时而拿起弓和刀作战，忙得不可开交。返汉的谣传就像库姆河退潮一样，很快向远方消失而去。

第三年夏天，小麦和谷子各收获一百万石。此时正值城邑修建工程也大致完成，索励决定在这片苦心经营的土地上，举行一次历时三日的盛大庆典。庆典开始那日，简直令人不敢想象究竟是从哪里来的那么多胡人。他们穿着各自喜爱的服装，聚集到城里来观看盛大的仪式。

三日来，索励每晚都和阿夏女子一起站在望楼上，看着四处篝火点燃的热闹城邑。这时，女子对索励说："举行如此盛大的庆典，难道是因为部队不久就要离开了吗？"索励笑着否认。女子凝视着他的双眼，静静地摇了摇头。索励责问她为什么不相信自己，女子说："不是我不愿意相信你，而是连你自己都不知道命运会如何，我又怎么能相信呢？”

女子的担心绝不是杞人忧天，那不可相信、连索励自己也不知道的命运，半年之后便降临了。

秋末，农耕刚一结束，索励便率领一半队伍出城，与在西北方蠢蠢欲动的匈奴部队交战。出城时，索励心想，再长不过十日便能回城。结果，战斗意外地拖延了。由于一支龟兹军串通匈奴，加之比往年早降的冰雹困扰，战事不顺，索励的部队没能马上撤退，陷入了窘境。

这场自秋末开始的战斗，双方各有胜负。当索励军最终把匈奴驱赶到北方时，已是第二年初了。索励和士兵们都消瘦得厉害，和出发时相比判若两人。在一个大雪天，队伍终于入城。打头阵的骆驼队将匈奴将领的首级挑在长矛尖，旗帜一般高举着。首级、骆驼背还有士兵们的肩膀上都落满了雪。

索励走进阔别已久的住所，当看到站在门口迎接自己的阿夏女子时，察觉到她的脸色与往日不同。女子将索励引到客厅。客厅里有位来自汉廷的使者，为等待索励回城，已在此逗留了一个月。使者带来了给索励的返汉命令，上面盖着朝廷大印。在故国，荣华富贵正等待着索励和他的部队。

柽柳树开始吐绿发芽的七月初，接替索励部队进驻的新部队到达。索励自从决定返汉以来，一直忙于整理耕地，与不时出没的匈奴小部队进行零星战斗，几乎无暇顾及阿夏女子，而那女子似乎很关心自己今后的命运。能与索励一起踏上汉土吗？纵然回到汉土，又能否和他一起继续以前的生活？这一切问题都是她那小小的脑袋所不能解决的。每当她提起此事，索励总会说“当然，带你一起去”。他真的打算带她回去，只是当脑海中浮现出久别的酒泉或凉州街巷时，不知为什么，总觉得一个夷狄女子与脑中风景格格不入。她的头发、眼睛、肤色和口音，一切都让他担心。但索励又立即把这些想法从头脑中赶走了。他本就不善于思考问题，何况这是以后的事情，现在他根本没有心思考虑。

换防部队的兵力比索励军多一倍。索励向年轻继任者交代完诸般事宜后，又在城内待了三日。既是对自己经营许久的城邑有所留恋，也是为了等待雨过天晴。

出发那日，新驻守的部队怀着崇高的敬意送别索励的队伍。一出城门，城外聚集着两百多村民等待与索励告别。骆驼、战马和士兵组成的长队在他们自己修建的贯穿耕地中央的道路上前进。晴空一片蔚蓝，风吹动道路两旁的白杨和柽柳，令人感觉十分清爽。

道路从城外径直向前延伸，与库姆河垂直相交。来到库姆河畔，索励发现河流又在上涨，就像几年前初次渡河时那样，河面增宽了几倍，滔滔不绝地奔流着。

索励想方设法要渡河，不愿因库姆河涨水又返回。众部下也一致认为：曾以制服库姆河而威震天下的索励军，现在绝不可因其涨水而后退。

“除再一次强渡外，别无他法。”一名部下道。

索励决定让部队暂且驻扎在这里过一夜。白天明明很晴朗，可到了半夜又开始下起雨来，而且雨势越来越猛。

拂晓时分，张某来到索励帐内，陈述自己的意见：“河水因雨不断上涨，如若徘徊犹豫，难免陷入困境，几日甚至几十日都没法渡河。如果要强行渡河，最好趁早进行。”

索励把他留在帐内，独自一人走出帐外。天色刚刚发白，索励冒雨站在岸边。河流的水量明显比昨天增加了。他久久地伫立在那里，一个念头紧紧抓住他的心，他第一次体验到了酷刑般的痛苦煎熬。

索励回到帐内，对等在那里的张某说：“祭献女人。”他的声音很低，但很清晰。

张某听到此话，吃了一惊，呆呆地看着索励。说到女人，部队里除了阿夏女子外别无他人。过了片刻，张某慢慢开口，他说他很感激索励为此做出的决定，原来就是为此事而来，但又很害怕，不敢说出口。说完，张某迅速走出帐外。

不久，索励耳中传来女子悲戚的喊叫。这是旁边帐篷里被拉走的阿夏女子的声音。这声音有如自去年秋天一直到今年年初与匈奴的苦战中，他在山间营地多次听到的划破夜空的野鸟啼鸣。

天亮时，索励把部队集结在河边。不知何时雨已经停了。

或许是由于祭献了女人，浑浊的河水水势似乎有所减退。

“必须趁现在渡河。”张某像是在敦促索励下决心。

部队沿河岸顺流而下大约半里地，选择了一处水势似乎最弱的地方作为渡河口。部队分成几支，最前面的一支走入水中，骆驼、马和人很快被冲往下游。几个本该绑得很牢的包裹脱离了马背，漂在水面上。尽管如此，第一队总算平安到达对岸。张某见状道：“未损一兵一卒渡河，或许就是因为将女人祭献给了河神吧。”索励沉默不语，但一定也是这么想的。

部队陆续渡河。索励夹在最后一支队伍当中，策马走进河中。水势较第一队渡河时似乎更见衰退。平安抵达对岸时，索励又一次对牺牲的阿夏女子产生感激和怜悯之情，与此同时，还伴有一种从未有过的如释重负。

部队继续前进。索励和张某走在最前面。队伍出发没走多远，张某突然勒马喊道：“看那边！”索励闻声也停住马望去。遥远的地平线上，一股宛如黄色熔岩般的东西徐徐向前扩展，正朝向他们而来。索励没能立刻判断出那是什么，只看到那东西正缓慢、坚实地漫过整个大漠。

“那是什么?！”索励大吼。

张某和周围的士兵都弄不清那究竟是什么，只是一个劲地叫嚷着：“那是什么？那是什么？”

这时，有人喊道：“是水，洪水！”

如此看来，漫过大漠滚滚而来的确实是水，肯定是洪水，的的确确只能是洪水。黄浊的洪水似乎伸展出无数条令人生畏的长腿，迅速包围过来。

“怎么办？”一旁的张某问道。索励一时也想不出对策。

“先去下游！”索励喊道。

可无论逃向何方，都逃不出“敌人”的巨大魔掌。为了不被洪水吞没，唯一的出路就是逃向库姆河下游。人、骆驼和马顿时乱成一团，争先恐后地向下游逃去。他们翻越几个沙丘，朝东南方向转移，可不久又被挡住去路，停了下来。库姆河下游也河水泛滥，变成一片水乡泽国。

队伍马上改变了前进方向，转向东北方向。可没过多久又被洪水挡住了去路。正在不知是第几次改变方向时，索励看到黄色的浊流如同一卷展开的厚厚地毯一般，向离自己只有两三个沙丘远的地方逼来。

“上到高处！”

用不着索励下令，大群的人、马和骆驼都蜂拥争抢着往高处奔去。士兵脸上都显露出一副战场上也看不到的拼命神情。

索励看准一个沙丘上去。人和牲畜挤成一团，像被磁石吸引住了一般。索励站在沙丘顶端，再一次向远处望去。浊流吞没了平地和沙丘，广阔的大漠转眼化作了一望无际的泥海。此时，人马拥挤在一个沙丘上，浊流已经涌到他们前面的第三个沙丘。

不一会儿，索励发现了令他更为震惊的事情。从沙丘上遥望西北方，那里的泥海不同于其他方向，正在掀起波涛，而在那翻滚着的黄色波涛尽头，索励看见了露出水面的一部分城墙和望楼。即使那么远、那么小，索励也不会看错，那一定是自己亲手修筑起来的、一直生活到昨天的城邑。想来耕地和民宅大概也已经全部淹没在泥海之中了。

这时，索励想到不久自己也会被浊流掩没。一瞬间，他脑海中闪过第一次见到阿夏女子的那个夜晚，和她所讲的龙都的故事。但这想法一闪即逝，摆在眼前的是更为严重的事态。虽然时间紧迫，索励还是冷静了片刻。他感到体内燃烧起一股强烈的怒火，决心向洪水进攻。除了与洪水交战一决雌雄之外，当下已经别无他法。

他立即下达命令。士兵们也都服从，大家明白，这样一动不动留在此处毫无意义。

战鼓敲响了，军中爆发出战斗的呐喊声。部队分为两支，张某和索励各率一支。张某那一队率先冲下沙丘开始进攻。骆驼、战马和士兵都在奔跑，他们登上沙丘又跑下来。可是，在索励眼中，所有的进攻都显得很无力。军队和浊流之间的距离在不断缩小。当两股力量在沙丘下汇合的一瞬，索励看到张某的队伍仿佛被突然抹掉一般消失得无影无踪，一切还不到眨眼的工夫。

同时，索励向残余队伍下达了进攻命令。面对这种有生以来第一次遇到的劲敌，他全身的仇恨和敌意都凝聚到一起，跨马挥矛，身先士卒冲了出去。隆隆的洪水声响彻天地。

片刻之后，索励看到浊流的洪峰正在吞噬一个沙丘，并趁势向这边涌来。无数恶鬼翻滚着，发疯似的朝自己逼近。索励右手握矛，在头顶上挥动着，连人带马向高达一丈的浊流撞去。索励不见了。接着，跟随他的骆驼、马和士兵也都一个不留地消失得干干净净，只不过一眨眼的工夫。

沙漠化作一片泥海，灰蒙蒙的天空低垂着，一轮沸腾的鲜血似的红日挂在天空一角，好像日蚀一般闪着光，异常宁静。空中仍然响着隆隆的洪水声。洪水片刻也不停息，它还要接着去吞没残留的一切。

宦官中行说

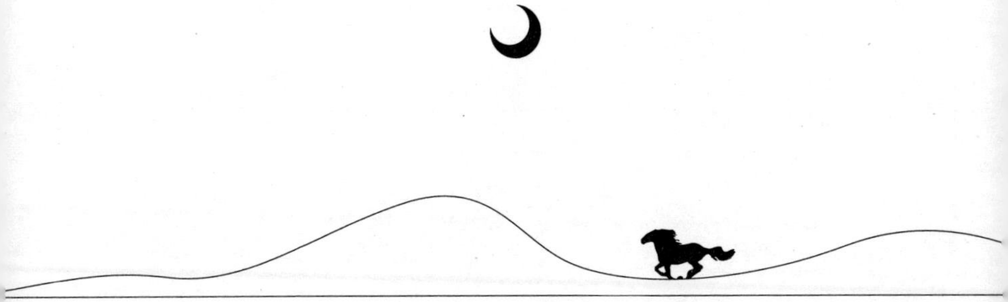

汉室公主嫁往匈奴，最初是从高祖时代开始的。汉高祖在秦末内乱中崛起，最终统一天下。建国之初，国内尚有势力强大的诸侯王割据各方，各自拥有广大的领地和强大的兵力。对高祖来说，当时不可能不顾内忧而专注外患。更麻烦的是，以往屡犯北方边境的匈奴各部族由冒顿单于统一之后，势力空前壮大，侵略范围逐年扩大，以往只是入侵边境，后来突然开始以有组织的强大兵力向南进犯。北方地区土地贫瘠，生活物资匮乏，因此匈奴想尽办法图谋南下。要阻止这一行为，只能采取武力手段，但汉廷当时无法为此抽调大军，只能依靠和亲政策解决问题。刘敬献策，建议将公主嫁往匈奴，这样她生下的孩子以后成为单于，汉和匈奴就会成为姻亲。此外还可以向匈奴遣使，赠送礼品以增进情感，如此一来匈奴应该就不会以武力侵犯北疆了。

高祖听取了这个建议,即位当年（公元前 202 年[①]）即封宗室女为公主，将其嫁往匈奴。刘敬和公主一行同往胡地，签下和亲条约之后返回。从此，汉每年都赐给匈奴绢、绵、酒和食物。也许因此，匈奴暂时没有大举进犯。

此后过了七年，惠帝元年（公元前 195 年），匈奴遣使送来一封措辞简慢不敬的文书。当时惠帝尚幼，实权掌握在吕后手中。吕后以谦逊的言辞回复了匈奴，并再次把宗室女嫁往胡地,由此换来了两三年的和平。但之后小规模的进犯卷土重来，到了高后六年（公元前 182 年），匈奴突然大军进犯狄道（今甘肃省狄道县[②]）。

之后第四年，文帝即位。文帝三年（公元前 177 年），匈奴又大举侵犯北地郡（今甘肃省庆阳县）和河南地（今内蒙古自治区鄂尔多斯市）。年仅二十九岁的汉天子虽想防御，却无法调动大军，国内形势和建国之初并没有两样。

三年后，匈奴遣使送信给文帝，宣称匈奴已平定邻近各部，国力空前强盛，当然也并不想破坏两国和平……信上充满诸如此类威胁性质的文字。事实上，匈奴已再次攻破胡地的老对手月氏，气势一发不可收拾。于是，文帝立刻与公卿大夫商讨和战得失。反战派占大多数，认为讨伐匈奴困难重重，即使攻破

---

① 原文如此，疑作者误，汉高祖即位为公元前 206 年，下文提及刘敬送亲入胡为公元前 202 年。

② 原文如此，疑作者误，汉时狄道为今甘肃省临洮县。

匈奴，之后要守住攻占的领地也难上加难。文帝无奈之下只好将言辞谦卑的文书送往匈奴，并奉送赠礼，打算继续施行和亲政策。

派去的使者从胡地返回，通报了冒顿单于的死讯和其子稽粥封老上单于成为匈奴新任统治者的消息。文帝即刻向新任单于表示和亲，送去公主。老上单于将会采取何种政策、他本身又是怎样一个人，这一切都无从判断，但无论如何，他是这个北方游牧民族的首领，汉将在很长时间内不得不尽力与之维持良好关系，趁早向其示好并非毫无益处。这是汉第三次将公主送往匈奴。

十六岁的宗室女被选中嫁往匈奴。随后，陪同公主一同前往胡地的侍从也选好了，被选中的是宦官中行说。中行是此人的姓，说是名。当被领到文帝面前时，他抬起头，一张宦官特有的脸爬满皱纹，似笑非笑，似哭非哭。他直视年轻的天子，说道："陛下要小人把这衰老的身子埋葬在沙漠吗？"文帝不知道这个从自己幼年起就一直侍奉在身边的老宦官究竟有多大年纪，甚至从未想过这个问题，只知道他不年轻，但也没觉得太老。他那爬满皱纹的脸上的表情、说话时嘴角肌肉弛缓的动作，的确让他看上去像是上了年纪，但那略带朱红的嘴唇、低沉沙哑的声音，又让人感到一种十足的力量。谁也不清楚中行说的年龄。不仅年龄，他进宫之前的事也无人知晓。除了是燕国人之外，他从没向人提起过任何关于自己的事情。

文帝既然要把宗室女嫁往胡地，就必须要取得一定效果，绝不能招来相反的后果。汉室公主到了胡地，不仅要抓住丈夫单于的心，还要和皇族搞好关系，当然，预料之中的与后宫嫔妃的争宠也必须处理妥当。能够针对这些问题给公主适当建议的，除中行说之外没有更合适的人选了。他不但学识渊博，对事物的判断也很独到，当然，最重要的是他能够在危急时刻誓死效忠。

文帝对中行说说："爱卿可是大汉之宝。朕并没有打算让宝物长期离身，只要公主老上单于阏氏（妃子）的地位得到巩固，就立刻召你回国。"接着，文帝似乎想加上一个清楚的时限，吐出了两个字"十年"。他望着中行说，过了一会儿又改口说"七年"，然后又改成了"五年"。可这位多年不曾离开过文帝的宦官脸上却显露出一种从未有过的可怕表情。中行说嘴唇微张，嘴角无力地下垂，凹陷的眼睛似乎失去了聚焦点，只是空虚地瞪着。文帝几乎要脱口而出"三年"，把中行说在胡地的滞留时间再缩短一些。

这时，中行说开口了，声音依旧沙哑，却十分坚定，和他的表情截然不同。"三年还是一年都一样。如果要把小人派往匈奴，必定不会对汉有任何帮助。"

说完，中行说郑重地行礼，然后弓着背，和平时一样以特有的方式颤颤悠悠地退下。他并不是故意让文帝不悦，只是隐约有那样的预感，现在先知会一声，以免日后麻烦。认为中行说是个可怕人物的不只是文帝一人，他自己也感觉自身有种令人不可信赖的可怕特质。

半年之后，文帝七年春，中行说随公主一行人马从长安城出发，向漠北的匈奴都城进发。中行说有文帝赏赐的专属营帐，与十几名侍从住在一起。匈奴都城位于一条看上去不像河的浑浊大河岸边，驻扎了数以千计的营帐，营帐之间自然形成道路，甚至还有广场，汇聚成一个人们做梦也想象不出的巨大部落。部落旁边就是其他种族居民的帐篷，这些帐篷总是一夜间出现又一夜间消失，异族群落不断地在附近来来去去。

老上单于四十多岁，浅黑色的眸子，眼神犀利，是位外表精壮彪悍的人物。中行说虽为公主侍从，但自从到了都城就再没与公主碰面。为了迎接汉室公主进宫，盛大的庆祝酒宴持续了三天三夜，但中行说却连在远处窥视公主的机会都没有。上千堆篝火海洋一般绵延不断，火海尽头就是寒光闪烁的星空，火海间是数以百计的酒桌，到处混杂着汉人从没见过的舞群、从没听过的异域音乐。中行说带着随从走在热闹的街上，对他来说，所见所闻都十分新奇。

此后，中行说就像在酒宴上时一样自由行动着，兴致盎然地往来于各种集会和祭祀活动。

匈奴的兵力号称三十万，官职有左右贤王、左右谷蠡王、左右大将、左右大都尉、左右大当户和左右骨都侯等。左贤王通常由太子担任，其下一直到当户，多则拥有万骑，少则拥有千骑，基本上都由同姓的家族成员担任，官位世袭，各自拥有领地，在领地内自由地逐水草而居。左右贤王、左右谷蠡王的领土最大，左大将管辖东边地区，右大将负责西边地区。

在中行说来到匈奴不久，那里举行了祭祀祖先和天地神灵的典礼。严肃的仪式之后，又是三天三夜盛大的庆祝酒宴。

中行说每日都能见到单于。单于每天清晨出营帐朝拜太阳，傍晚朝拜月亮，无论做什么都要事先向日月星辰寻求启示，军事上的决策也是月满进攻、月缺撤退。

中行说每日都在皇宫里侍候，但并没有被委以特殊任务。集会时他虽然都在场，但只是在末席旁听，不能插嘴。然而，中行说并不觉得自己这看似奇怪的闲职无聊，他对匈奴人的思维方式、习俗、作战方式都饶有兴趣。他还很想知道匈奴的三大贵族——呼衍、兰氏、须卜，对汉的了解究竟到了什么程度。他们似乎对某些事情非常精通，但对某些事又显得一无所知。老上单于等贵族们每天的固定议题就是如何把黄河以北的地区占为己有。那计划听起来急迫得像是第二天就要发兵似的，但又总要依据几十种极为慎重的占星法不厌其烦地进行修改。因此，对汉的进攻总是停留在小规模的侵犯上。即便计划明日就要发动大规模进攻，人们也丝毫不会诧异。与此同时，那计划看起来又好像永远不会付诸实践。

中行说到达匈奴的第三年，汉廷向匈奴派遣使者，馈赠了大量丝绸。汉使拜见老上单于，中行说也站在一旁，但并不相识。

虽说是来通好，汉使态度却很傲慢，以维护大国威严。他接下赏赐酒食，语中带刺地说道："听说匈奴有轻视老人的风俗，这在大汉可是做梦都无法想象的。"匈奴一方没有人马上回应，汉使继续说道："听说贵国美食都先让年轻人吃，剩下的才给老人。倘若真有这等风俗，在下认为应该即刻改正才是。"

这时，坐在末座的中行说开口了。不知不觉间，他像是被某种无法抑制的情绪所控制，不由得脱口而出："汉使啊，按照你们大汉的习俗，年轻人出征前，父母难道不为其准备保暖衣物和美味食物吗？匈奴和汉不同，平日也不忘为战事做准备，所以父母会多给强壮的年轻人补充食物。只有年轻人有能力保卫国家，父子全家才都能平安。难道这算轻视老人吗？"

汉使得知中行说是汉人，语气变得十分激烈："在匈奴，父亲和儿子同帐而卧。父亲死了，儿子娶母为妻；兄长死了，弟娶其妻为妻。此事当真？"

中行说回答："按照匈奴的风俗，人们吃家畜的肉，喝家畜的奶，穿家畜的皮毛，和它们一起逐水草而徙。战时人们练习骑马射箭，平日则在家安享天伦之乐，这规矩简单易行。君臣无隙，整个国家也如同一个人的身体般协调。父子兄弟死了便娶其妻为妻，那是由于匈奴人把家庭看得重于个人。因此出现叛乱也必由同族、同血统的人继任首领。”

“你们没有衣冠束带，也没有礼仪规范。”汉使又发难。

“汉人为了体面不能娶父亲或兄弟之妻为妻，代价却是亲族间关系渐疏，流血争端不断。可悲啊，从住土屋的国家来的使者啊，无用之言请勿多说，你顶着如此奇怪的头冠究竟有何意义？”

汉使面容失色，可还是揪着匈奴的短处不肯罢休，但都被中行说一一驳倒。

此事过后不久，中行说首次被老上单于召见。单于亲切地对他说：“身为匈奴单于，我现在应该做些什么？无论有什么建议，且说来听听。”

于是，中行说把自己的想法详细告之。“匈奴的人口还不及汉的一个郡，却能与汉抗衡，主要在于匈奴的衣食供给并不依赖于汉。如果单于让匈奴人学习汉的风俗，人们慢慢接受并喜爱其物产，匈奴终究会归顺于汉。穿着汉的丝绸绵布根本无法在草原上策马奔驰，那到底比不上匈奴自古以来穿的皮衣。所得的汉食要弃之不食，让匈奴百姓知道那些终究比不上匈奴人的乳制品。”

听完中行说所言，单于承诺立刻按其所说的去做。

从此之后，中行说渐渐忙碌起来。他派人调查了匈奴的人口和牲口数量，并将结果写进文书上呈老上单于。单于终于了解了众王拥有的兵力和财力，对兵制改革起了很大作用。

之后，中行说有了每天与老上单于单独相处的时间。他发现自己如今和当初对待年轻的汉天子一样，忠心耿耿地侍奉老上单于。不知从何时起，汉文帝对他而言已经变得十分遥远渺小，而老上单于却成为他受上天之命要侍奉的人。当初他在一种不安情绪下所说的若被派往匈奴，他日必会危害于汉的话，如今正渐渐变为现实。

只要有机会，中行说便尽力把自己所知的有关汉的一切都告诉老上单于，如汉军的组织形式、采用的战斗方法的优劣，并针对这些情况为老上单于出谋划策。中行说与单于谈话时总显得格外神采奕奕，希望占领黄河以北的梦想能够在老上单于手中成为现实。那并不是没有可能，中行说认为汉常用的以夷制夷的政策同样也适用于匈奴，他建议利用月氏军队，以保障匈奴的精锐部队毫发无损。因此，在考虑如何对付汉之前还需要更大规模地讨伐月氏。匈奴虽再度攻破了月氏，但要让月氏完全臣服还需要加大进攻力度。汉碍于国内形势还不能出兵，因此匈奴没必要着急进攻汉，只须接受和亲，表示通好，在农作物收割期作为练兵袭击汉北部边境就足矣。

汉和匈奴之间每年都会通过使者交换一两次文书，汉总是使用一尺一寸的书简，开头写着“皇帝敬问匈奴大单于无恙”。中行说让单于在给汉廷回信时使用了比汉稍长的一尺二寸书简，措辞也更傲慢："天地所生、日月所置匈奴大单于，敬问汉皇帝无恙。"

匈奴发动对月氏的大规模进攻是在老上单于七年（公元前168年），即中行说踏上匈奴国土的第六年秋。匈奴派出大军，将驻扎在伊犁河流域的月氏营地逐个击破。月氏主力向南逃亡，其中几支逃到南山，匈奴骑兵将其包围，投降者虏为俘，反抗者不分男女一律斩杀。之后，匈奴又讨伐了冒顿单于时期一度镇压过的南方楼烦、白羊异族中与汉有联系的部族。战事一直持续到公元前167年夏。

完成对月氏的讨伐，匈奴休整兵马，于第二年调动十四万大军入侵汉北疆界，以实现老上单于多年来攻占黄河以北的梦想。中行说向老上单于建议，趁讨伐月氏士气高涨向汉出兵。于是，匈奴一次又一次地向南方调动骑兵大军。与汉国情不同，此时的匈奴没有任何后顾之忧，只是月氏兵力孱弱，中行说提出的以夷制夷实际上并不能实施。匈奴的精锐部队通过实战兵力大增，令人刮目相看，战斗方法也得到了改进。一支匈奴兵团进入朝那、萧关（现甘肃省[1]）地区，掠夺当地资源，杀死北地郡都尉孙昂，俘虏了许多百姓，掠夺了大量家畜和粮食；另一支兵团逼近彭阳（现甘肃省），并侵入陕西陇

① 原文如此，疑作者误，汉时朝那、萧关位于今宁夏固原东南。

州、雍州。对此，汉廷派出战车千乘、骑兵十万在长安附近摆开阵势，并任命上郡将军、北地将军、陇西将军，一副认真迎战匈奴的架势。这时，中行说向老上单于献计，说服其撤军。汉军越过长城追了过来，但匈奴因及时抽身没有损失一兵一卒，顺利返回了漠北都城。

以此为契机，匈奴开始年年进犯汉北疆界，每次都能俘虏万余百姓而归。这是中行说想出的主意，因为如果匈奴的年轻人都参军了，就可以让汉人从事放牧等工作。

汉文帝十八年，汉使递交文书：

> 皇帝敬问匈奴大单于无恙。感谢贵国使节赠送朕两匹马。依照我朝先帝遗诏，长城以北持弓者听命于大单于，长城以内衣冠束带者由汉帝统治，万民由耕种、纺织、狩猎获取衣食。但如今恶人犯我边界，见利忘义，打破誓约，威胁万民安危，离间双方君主之亲善关系。此事事关重大，却幸已是过去之事。

讲完亲善关系之后，文书继续写道：

> 匈奴地处北方，天气严寒，朕决定下诏每年赠送单于一定数量的糕饼、粟、麦曲、黄金、绢布、丝、绵等物产。如今天下太平，万民生活安乐，朕与单于同为天下子民之父母。

之后文字十分繁琐，汉对匈奴侵扰之苦可见一斑。

中行说劝单于接受文帝提出的和亲条约，匈奴此时也需要暂时休养兵马。不久，中行说得知汉廷颁布了一项法令，遣送匈奴俘虏和混入汉境的匈奴人，禁止边境居民越过长城，违令者死。可见汉为了不触怒匈奴下了不少功夫，但中行说并不想就此罢休，为实现老上单于的夙愿，绝不能如此轻易收兵。

公元前 161 年，老上单于突然驾崩。其子军臣继位。文帝馈赠和亲厚礼，派使者哀悼老上单于，祝贺新单于即位。使者带来载满大量礼品的马车。中行说在人群中认出一位故人，他带来了文帝召回中行说的圣旨。

中行说在自己的营帐单独召见了那名使者。

“如您所见，我在这生活没有任何不便之处，起初也不曾料到会被如此重用。如果新单于认为有必要把我送回汉土，那我很乐意回去。否则，我会继续留在这里侍奉新主。”中行说说道。

“您不怀念长安城吗？长安城里熟人多，那里的风都带着甜香，河水是那么秀美。”

对此，中行说回答：“我的确很想再看看长安城，再喝一口那里的水，呼吸那里的空气，和以前的老友叙叙旧。有生之年我是多么想再看一眼长安城，这种心情恐怕比文帝陛下想象的更加强烈。但是，没有单于的命令，我是不会回去的。如今片片荒漠就是我的祖国，就是我长眠之地。”

中行说的话里没有对文帝的憎恶，没有意气用事的感觉，也没有故意夸大自己的情感。中行说想重回汉都长安的心情是如此强烈，但只要他身在匈奴，实现这个愿望的唯一办法就是让匈奴的铁骑包围长安，攻占长安。而这并非只是一个梦想。在公元前 166 年的那次中行说策划的大战中，匈奴的军队实际上已经威胁到了长安城。那时虽只差一步，但匈奴还是无奈地撤了军。老上单于最终没能实现他的夙愿，如今这个夙愿必须要在军臣单于手中实现。

军臣单于即位第二年，中行说力图说服他打破和亲条约，进攻汉地。当时汉坚信匈奴会履行条约，国境线上的兵力配置得很少，而边境距离都城很远，要从都城调大军至少需要几个月时间。中行说并没有指望匈奴军队能逼近长安，但相信至少能够攻占长城沿线的广阔地区。

然而，这个建议并没有被接受，新即位的军臣单于还是在意和汉缔结的盟约。中行说多么希望老上单于还在世。不过，军臣单于最终还是妥协了，允许派兵三万入侵汉北疆界。

虽心有不甘，中行说还是下令三万兵力进犯上郡、云中郡，匈奴军队如入无人之境般践踏汉土，抢夺了大量物资归来。如中行说所料，等边境的烽火传到甘泉、长安，已是几个月之后的事了。汉再次派驻了国境守卫军，另外还在都城长安以西的细柳、渭水北的棘门、灞上派驻三支兵团，应对匈奴。

中行说决定收兵，并向单于说明继续发兵的不利。只要汉军驻守边境就不该再发动进攻。然后，他一如既往热切地注视着军臣单于，声音沙哑而迫不及待地向其提出了今后两三年的计划。“发动进攻的时机应该就在这几年，即吴、楚、赵其中一王叛变大汉之时。单于应趁这样的良机向汉土集中匈奴的全部兵力。”

公元前156年，文帝驾崩。消息传来时，中行说好几次把耳朵凑到侍者嘴边才能最终听清。没人确切知道中行说的年龄，但不管怎么说他已经是高龄，视力衰退，耳朵也近乎失聪。当中行说得知文帝死讯，使劲点了点头，那刻着深深皱纹的脸庞似乎更苍老了，让人不忍再看第二眼，也看不出他心里的真实情感。

中行说逐渐淡出单于左右，出现时也只是不断地重复同一句话：“集中兵力攻打汉土的时机即将到来，在此之前切不可动兵。”这个双耳失聪的老宦官总是声音含糊地说完自己想说的话，之后就不管对方反应立刻钻进自己的营帐。他身体消瘦，佝偻着，看上去像一个侏儒。

正如中行说所预言，景帝三年（公元前154年），吴、楚等七国发生叛乱，赵王的使者来到匈奴请求援兵。军臣单于和赵王合谋入侵汉边境，但还没得手，叛乱就被接连平定，赵国也在不到十个月内被汉军包围攻破。那时中行说已经去世。他去世的时间不明，据说是在文帝驾崩那一年或第二年。如果中行说在世并迅速制定出兵策略，那场叛乱可能会呈现出不同局面吧。

狼灾记

始皇三十二年（公元前 215 年），将军蒙恬率三十万大军北上讨伐匈奴。这是秦统一全国之后与强大的北方游牧民族之间的首次对抗。蒙恬在各地击溃匈奴部队，终于夺取了多年遭受其劫掠的鄂尔多斯地区，施行郡县制，自己居于上郡（今陕西省绥德县），统辖边境全线守军。

之后，蒙恬负责临洮郡（今甘肃省临漳县[①]）至辽东郡长达万里的长城修筑工程，挖山填谷，修筑大路，在各要冲配备麾下精兵。秦始皇长子扶苏为监军，亦居于上郡，与蒙恬协力讨伐匈奴。匈奴不再如以往兴师于秦国边境，只能不断进行小规模的骚扰。

始皇三十七年，蒙恬讨伐匈奴的第六年，嬴政驾崩。丞相李斯与宦官赵高立始皇次子胡亥为二世皇帝，图谋独断专权，

---

① 原文如此，疑作者误，秦时设陇西郡，下治临洮，为今甘肃省岷县。

假传圣旨，发敕令赐死太子扶苏与将军蒙恬。扶苏自刎身亡，蒙恬饮毒于阳周。而此事过后仅四年，秦就遭到了亡国的悲惨命运。

慑于太子扶苏与将军蒙恬赐死一事的影响，朝廷对北部边境守军一直严守秘密。但事情过后半年，消息传到了离上郡最近的鄂尔多斯地区一部分长城守军耳中，化作两条报信的火龙，一条向东，一条向西，沿着蜿蜒连绵的长城慢慢传播开去，如同蔓延的燎原之火。

各地相继发生了骚乱。太子扶苏与将军蒙恬赐死一事对边境官兵来说比秦始皇驾崩更为重大、更为切身，将军蒙恬的死更是令他们感受复杂。由天下无赖和罪犯组成的奴卒另当别论，成百上千的老兵无不对将军蒙恬充满敬畏之心。没有蒙恬，就无法想象他们在异域与匈奴战斗的那些日日夜夜。对有些人来说，蒙恬就是神。他对部下一视同仁，充满慈爱，他廉洁、勇猛、忠诚，这些无疑都是保护士兵在北疆生存下去的护身符。然而，在另一些人看来，蒙恬却是该受诅咒的恶魔。他为一将功成，曝万人尸骨而不悔；他为讨伐戎狄，不惜多年置军队于境外；他为恪守军纪而过分严厉，常因执行一条军法而断送十余名士兵的性命。

有人为蒙恬之死而悲伤，有人因蒙恬之死燃起返回远方故土的愿望，但因此而发生的混乱只能以混乱告终。各种揣测和疑惑在各地卷起旋涡，却没有以任何具体形式表现出来。他们的驻地离京城太远，无法了解事情真相，亦不能预测历史将如何发展。

若说蒙恬之死传言的直接影响，就不得不提长城守军中运气最坏、被派在最偏远的阴山脚下的一支部队。

那日，陆沈康率领一千人的队伍驻扎在长城以北五百里之处，与匈奴苦战一月有余，终于得以休整一天。匈奴已向北逃窜，附近不见敌影，但陆沈康丝毫不打算让部队在此逗留过久，打算明日就再次向北进发。他明白长途追击的危险，但唯有袭击并烧毁匈奴的据点——北面两百里外的一个山中村落，这次战斗才能告终。这是上级给他下达的命令，也是杜绝此地区匈奴反复侵袭的唯一办法。加之此时正值初冬季节，不知哪天会遇到大雪，一切问题都须在下雪之前解决。

这天，陆沈康接待了友军张安良部队的使者。这支队伍虽同处塞外，却驻扎在很远的后方。使者带来三百张羊皮、大量羊肉和张安良的书信，据说为了寻找陆沈康部队的驻地，这名使者在北风呼啸的初冬原野上跋涉了十余日。

陆沈康眼前浮现出朋友久未相见的面容，无限怀念。对于必须在阴山地区越冬的部队来说，毛皮和羊肉均是无比难得的礼物。陆沈康在帐幕前设酒宴款待使者，席上拆阅张安良的来信，他简直不敢相信自己的眼睛。竹简上的几行文字传达的正是蒙恬将军被赐死的消息。

对陆沈康来说，蒙恬是独一无二的。始皇二十六年，蒙恬进攻齐国建立大功时，陆沈康曾作为一支小部队的头领参加了战斗。自那时至今的十年岁月，他一直在蒙恬麾下与戎狄进行战斗，从而立之年以至不惑。陆沈康的地位还未高到可以拜谒将军蒙恬，但将军曾同他有过一次亲切的谈话。那是始皇三十三年的秋天，秦军已夺取鄂尔多斯地区，隔黄河与匈奴军队对峙，陆沈康作为先头部队一员渡过黄河，经过三天三夜激战，最终保住了对岸的一处据点。这时，蒙恬赶来慰抚少数尚存的士兵。或许是因为相貌魁伟而引人注目，将军看到陆沈康时，单单问他一人叫什么名字。陆沈康报上姓名，蒙恬重重地点了点头，只说了一句："这是勇者之名。"当时的激动之情，陆沈康一直难以忘怀，他本来就是一名勇士，自那以后，更以勇猛闻名。陆沈康历任百夫长、五百夫长、千夫长，经常被派往战斗最艰苦的地方。当然此事与将军蒙恬并无关系，但陆沈康总是把它当作是蒙恬的命令。只要是为了将军蒙恬，哪怕生命也在所不惜，任何艰苦的任务都能承担。

对这样的陆沈康来说，将军蒙恬被无故赐死是无论如何都难以理解的，他怎么也无法相信这一事实，一时间感到天昏地暗、地动山摇。

那一晚陆沈康夜不成寐，反复考虑之后下定决心：停止与匈奴的战斗，班师回朝。他既看不到与匈奴交锋还有什么意义，也找不出任何留在戎狄之地过冬的理由。一切都以蒙恬的存在为前提，而现在，这个前提不在了。他丝毫未考虑班师回朝之后的事情，因此受罚也好，被杀也好，一切都随他去。连将军蒙恬都无故被赐死了，自己不过是边境部队一个微不足道的官长，发生任何情况都不是问题。

陆沈康给张安良写了一封信，感谢其深情厚谊。他把前一日刚收下的礼物重新装上使者的马匹让其带回，又派一百人将使者一行护送至一百里外。

待护送士兵归来，陆沈康才在第二日向全体士兵宣布了返回故土的决定。士兵们当然不会有任何异议，只是没有想到结束在境外与匈奴作战的时刻来得如此之快，用了相当长的时间才理解陆沈康话中之意。他们仿佛才明白，自己那不断奔向无底苦难深渊的不幸命运，终于有了尽头。

张安良的使者启程后的第三日早晨，陆沈康带领部队离开营地向南进发。预计七八日到达黄河边，第十或十一日抵达长城沿线。陆沈康的队伍上一次眺望长城城墙已是三年之前了。

行军从一开始就极其艰难。士兵们整日被刺骨的寒风猛吹，从第三日起，寒风中开始夹杂雪花，继而潮湿的雪团开始重重地砸在士兵和马匹脸上。

第四日风势减弱，雪却越下越大、连续不停，天地间全是飞雪。队伍不得不停止行军，寻找前进的道路。陆沈康的这一千兵士曾多次往来这片原野，对其非常熟悉，此时却也感到害怕。大雪使原野一夜之间变得完全陌生。

这天黄昏时分，陆沈康取道右路前进，奔向无名山丘脚下一座稀稀落落建有土房的卡雷族村落。离当天预定宿营的村落还有一多半路程，如果继续勉强行军，会有众多士兵冻伤，而且被暴风雪卷走的可能性也更大。因此，陆沈康决定进入这个卡雷族村落，等候雪过天晴。

当然，陆沈康从未到过卡雷族村落，就连接近也是第一次。卡雷族在散布于此地区的众部落中被视为最卑贱的民族，和其他民族没有任何往来。男人以畜牧为业，女人从事农耕，生活无一例外都很穷困。男人在嘴边刺上花纹，女人将棕色的鬈发束起，长长地垂在背后。走近他们就会闻到一种特殊气味，其他民族的人认为那是一种死臭味，极其厌恶忌讳。

陆沈康派部下去卡雷族村落交涉，让他们给部队腾出五十间土房。五十间土房容纳一千士兵不能算宽裕，但再高的要求会让卡雷族人在雪地上露宿。即使只有五十间土房，只要有房顶，对此刻的士兵们来说也是难得的厚礼了。另外，对卡雷族人来说，腾出五十间房子也不是什么接受不了的难题，毕竟这个村落约有百来户，他们只不过征用其中的一半。房子被征用的五十户村民可以住到未被征用的其他五十户人家中，应该不会有什么困难。

部队在村口停留了半小时，随即列队走进几乎被大雪掩埋了一半的卡雷族村落。向导是村里的五名男子，士兵们按照他们的指示，陆续进入一间间腾空的土房。有的是几人一间，有的是几十人一间。队伍沿着白色土馒头般的硕大山丘向前缓慢移动，人数逐渐减少。山丘上没有一棵树能从积雪中露出树枝。

陆沈康见士兵全部进入土房，便走进分给自己的一间同样的土房。尽管土房已完全被雪覆盖，但堂屋炉边木柴的余烬还在冒烟，表明主人离开这里并没多久。

堂屋右侧有个狭窄的房间，地上铺着一层密密的枯苇，一看就知是主人的卧室，但陆沈康没有迈进去。屋里弥漫着一股异样的臭气，为其他部族厌恶的死臭味大概就是这种味道。一名士兵进来在堂屋的炉子里生起火。待士兵离去后，陆沈康在炉边粗糙的木椅上坐下，打算就这样坐到天明。过了约莫一个小时，两名士兵端来饭菜，随即又离开。送来的是一个馒头和一碗漂着油腻腻羊油的汤。陆沈康凝视着炉火，默默将食物送进嘴里。

自从得知蒙恬之死的消息，陆沈康就没有接近过任何部下，现在作战已经结束，更不用再与他们碰面商量什么。部下们也明白不去靠近不高兴的长官更安全。他们知道陆沈康的可怕，他曾经让匈奴俘虏站在面前，一言不发地把他们的胳膊一条条砍掉。这样的情景即使看过几十次，也还是令人不忍直视。哪怕陆沈康对部下比其他任何长官都仁慈，但残杀匈奴俘虏一事无法让部下消除对他的恐惧。

陆沈康用过简单的晚饭后，依然保持前倾的姿势凝视着火光。在来收拾碗筷的士兵眼里，四十岁的他似乎一下子老了许多。然而，陆沈康绝没有衰老，他身体前倾，凝视着火光，心中的狂涛越来越汹涌澎湃。他以这种姿势勉强抑制着蒙恬之死带来的不可遏制的狂暴情绪。寒风卷着雪花不时从大门的缝隙中刮进来，炉边铺上了一层层白雪，他全然不顾。

陆沈康坐着打起盹来，每当背后寒气袭来便睁开眼睛，往火堆上添些柴。柴草很湿，不易燃烧，但过一阵炉中便腾起一股红色的火苗。陆沈康重又闭上眼睛，直到寒气又使他醒来。这样反反复复，陆沈康突然站起来，厉声喝道："谁?！"他发觉身边有种声音，与风声不同。

陆沈康站在炉边仔细倾听片刻，便手握长矛，拉开卧室对面的一个菜窖的门，只见里面也铺满枯苇，到处扔着破烂东西。他用长矛挑开门口的枯苇，见有人从地板下窥视，便迅即将矛头刺去，大喝一声："出来！"

地窖里传出响动，一会儿，地面上的一块盖板被推起。陆沈康仍然端着长矛，屏气凝神注视着。

从地窖出来的是个女人，看不出年龄，但确实是个女人。陆沈康径直走上前去，揪着她的上衣拉到炉边站好。他刚要说话，那女人先开了腔。

"我已经死了，你想再杀死我一次吗？"女人用口音很重的土话说道。

"你为什么藏起来？"陆沈康问。

“我并不是藏起来，而是不愿离开这个家。我丈夫今年秋天去世了，除了他灵魂安眠的这个家，我不能待在其他地方。”她停了停继续说道，“他是今年秋天去世的。我虽仍在呼吸，但活着的不过是这具躯体，真正的我其实已经死了。我的心不再为任何事情高兴，也不为任何事情悲伤。我已经是个死人了，你还要再杀我一次吗？”

炉边的火光淡淡映出女人的半边脸，她很年轻，肯定不过二十多岁，眼神中尽是卡雷族女人特有的多疑、锐利。

“你说你是死人吗？那我也是死人了，不为任何事情高兴，也不为任何事情悲伤。”接着，陆沈康提高嗓门说，“死者无用，回你的卧室去！”

女人将头发甩到背后，倔强地抬头反抗：“我要出去。”

“去哪里？”

“这你还不明白吗？到外面去。”

“到外面去，你知道这意味着什么吗？”

陆沈康朝门口看了一眼。外面依然下着雪，在这深夜里出去，只能意味着死。

“我说过，我是一个死了的人，为什么还会怕死呢？”女人说着便转身朝门口走去。陆沈康又一次抓住女人的上衣将她拉回，说：“我饶了你，回到卧室去！”

女人再次严肃地抬起头说：“我从来不愿与自己丈夫以外的男人同在一个屋檐下。要么我出去，要么你出去。”

陆沈康用锐利的目光凝视着女人的脸。出乎意料的是，他这时突然产生一种被挑逗的感觉。长久以来，早已忘掉女人一事的陆沈康仿佛突然清醒过来，盯着这个站在自己面前的年轻女人的脸。

他走近女人，第三次抓住她的上衣，这次他想把女人拉到卧室里去。女人拼命反抗，但当被扔到卧室的枯苇上时，就像死了一样毫不反抗地任凭陆沈康摆布，大概是认命了吧。

拂晓时分，陆沈康醒来，发觉自己在弥漫着死臭味的屋子里，怀抱弥漫着死臭味的女人。寒气袭人，但只要抱着那女人的身体，就不感到寒冷。女人睡着了，身体像火一样烫。

陆沈康起身，拿过放在堂屋里的刀，拔出插入枕边的枯苇中，又抱起女人。若有人进屋来，就立即杀死他。如果有人看到自己怀抱卡雷族女人，他就决不能活着。那女人一醒来，开始还是拼命反抗，当她放弃反抗而听任摆布时，就一直冷冷地睁着眼睛，死了般一动不动。

天大亮，陆沈康将刀入鞘，把女人拉到她曾藏身的地窖，让她进去。

这一日，雪仍然下个不停。陆沈康坐在炉边，就这样度过了一天。他把自己饭菜的一半给了地窖中的女人，女人默默接受。夜色降临，他知道士兵已不会再到自己的住处，便从地窖中拉出那女人，拖到铺着枯苇的卧室。这一夜，陆沈康仍然将出鞘的刀立在枕边，搂抱着女人那异常温暖的身体睡去。

第三日、第四日，部队都没能离开卡雷族村落继续前进。雪时下时停，天空仍然阴沉沉的。陆沈康每天夜里搂着女人，用出鞘的刀护卫自己。他抱着女人，但对任何细小的声音都很敏感。凡是进来目睹了自己行为的人，无论普通士兵还是队长，都必须立即除掉。

白天独自守在炉边时，陆沈康经常抬起胳膊嗅嗅，担心女人死臭的体味传到自己身上。然而一到夜晚，他又禁不住去抱那散发着死臭味的女人的身体，刀依旧守护在旁边。

第五日夜里，女人才开腔道："你为什么把刀立在枕边？"

"如果有人看到我们在一起，就杀掉他。"陆沈康回答。

"为什么？"女人问。

陆沈康没有回答。

于是女人说道："我不想勉强你说出这个理由，你认为与我发生关系是一种耻辱。其实在这件事上我也一样。对我们卡雷族人来说，同其他族的人发生关系还不如去死。我也要以刀来维护自己，如果有人进入这房间，我一定会在你之前拿起刀。"

女人投向陆沈康的冰冷目光仍然充满憎恶。但此时的陆沈康却对这散发着臭气的女人初次产生了类似爱的情感。陆沈康一直未曾娶妻，他想，所谓的妻子大概就是这样吧。

第六日，持续多日的雪终于停了。陆沈康本应向部队下达出发命令，却又拖延了一天。这天夜里，他搂着女人，感到难舍难分。女人听任他亲热一番之后，语气冷静地说："我们的事必须在今天夜里结束，明天请你离开这个村庄。”

“即便你不说，我自己也会这样做。除了大雪，没有任何东西能够阻止队伍开拔，而雪已经停了。”

女人说：“阻止部队开拔的，为什么只有雪呢？如果我愿意，挽留你多少天都可以吧？但是我不能这样做。”女人说着大哭起来，一直哭个不停，以至于陆沈康怀疑她是否病了。女人哭得泪都干了，最后说道：“我不阻拦你，是因为不忍心让你变成野兽。我们族人间很早以前就传说，谁与其他族的人做七夜夫妻，就要变成野兽。今夜是第六夜，如果你在这里再住一天，你我都将会变成野兽。”

听了女人的话，陆沈康大吃一惊，倒不是为自己将要变成野兽，而是从这番话中感到了女人对自己有感情。这天夜里，与以往不同，他从女人的动作里感受到一种温情。

“你说会变成野兽，我们会变成什么野兽？”陆沈康问。

“除了变成狼，别无其他可能。我们一直在用刀守护着自己，倘若真有人进来，你我都会立即向他扑去。据说狼也是如此，雌雄交配时如果被看到，不论对方是人还是动物，它们都会扑上去，直到咬死对方才罢休。你也许会说我们可能变成其他动物，但我们只能变成狼，因为我们的心已经变成狼的心了。”女人说。

这天夜里，女人趁天未亮就离开陆沈康身边，回到自己的地窖中去了。临走，她让陆沈康离开时不要叫自己。陆沈康答应了，也觉得这样最妥当。

次日，部队离开逗留了六天的贫穷肮脏的卡雷族村落。这是一个雪停风止的平静日子。陆沈康在队伍最前面策马前行。骑兵与步兵交错编队，在发着光、坚硬如白珐琅的雪原上行军。

行进到离卡雷族村落约二十里处，部队突然停止了前进。雪原上发生了异常：远远的右前方，雪被旋风卷成巨大的圆柱刮向天空，然后雪崩般落下，朝着队伍砸来。战马跳跃着、嘶鸣着，要挣脱而去。

守在陆沈康身旁的李幕僚将自己的马靠近陆沈康，在飞落下来的雪片中喊道："有狼嚎！"在他看来，狼群的袭击比旋风更可怕。

两人的马旋即拉开距离各自狂奔。陆沈康目睹着队伍的混乱，侧耳细听是否真有狼嚎。短短的瞬间，几股旋风接二连三把雪卷向天空，再如瀑布一般倾泻下来。

浑身是雪、策马巡视的陆沈康这时忽然听见了一种声音，但那不是狼嚎，而是卡雷族女人的恸哭。

"是狼！狼嚎！"幕僚们都在附近喊叫。陆沈康再次侧耳细听，大雪纷飞的灰色天空下传入他耳中的，依然是那女人悲伤的恸哭。

一切恢复正常后，队伍又重新整队出发。陆沈康整整一天都能听到那女人的哭声，萦绕耳旁，挥之不去。

这天一过正午，陆沈康就把队伍带进一个村子，在那里宿营，然后向幕僚下令："我身体不适，要马上就寝，任何人不得打扰。"

黑夜来临时，陆沈康牵出战马，跨上马背，朝早晨离开的卡雷族村落奔去。在倾泻着蓝色月光的广阔雪原上，他一刻不停地策马前进。他心里放不下那个卡雷族女人，想再见她一次，天亮之前再返回部队宿营地。那里与卡雷族村落相隔不远，时间完全够来回。

深夜，陆沈康进入静悄悄的卡雷族村落，在住过六日的土房前驻马。他将马拴在后门旁的树上，然后站在了门口。屋里透出灯光。可他在此度过的六个夜晚从未有过灯火，这让他觉得这个家仿佛与以前不同。

一推门，女人蹲在炉旁的背影映入陆沈康的眼帘。他轻唤了一声。女人似乎吓了一跳，回过头来凝视了他一阵，冷静地说："我一直希望你不要回来，一心向天祈祷。可你还是回来了。"女人的语气中怀有深深的感慨。她站起身，依偎在陆沈康胸前，手摩挲着他的胸脯表示爱抚。"我本应为我丈夫去死，可由于前世的因缘，现在我要为你活下去，即使变成野兽也要活下去。"女人说罢，第一次主动拉陆沈康到卧室去。

陆沈康和以前一样抽刀插在枕边地板上。女人的身体依旧散发着那种死臭味，可现在的陆沈康对此毫不在意。看着她第一次在昏暗的灯光下展露笑颜，陆沈康只觉得这个对自己怀抱深情的女人是那么可爱。陆沈康紧紧拥抱着她。

黎明时分，陆沈康醒来。灯火已熄，枕边的刀在白色晨曦中闪着寒光。他知道睡过头了，想起队伍便要坐起身来，却感觉动作与往常有些不同。他想起身取刀，手没伸出来，却把脸凑过去，霎时间自己嘴里已经衔着了那把刀。

陆沈康扫了一眼自己的身体，手、脚和躯干都覆盖着一层黑褐色的毛。他这时才知道自己已经变成了一只狼。他朝躺在身旁的女人看去。女人也已不是昨夜的模样，分明变成了一只母狼。她前后肢并用，做出前伸的姿势，接着睁开眼睛，蓦地起身。女人变成了狼的模样，但在陆沈康眼里，这只母狼的姿态与从前的女人并没有两样。

“你知道你已经变成狼了吗？”陆沈康问。

“知道，半夜醒来时发现的，当时吃了一惊。现在我已经不再叹息，也不再悲伤了，因为一切都已经不可挽回。”女人说道。

对陆沈康来说，问题并不如此简单。但既然已经变成了狼，正如女人所说，已经毫无办法。

陆沈康离开土房。他不知道为什么要出门，但很快便明白过来自己是想要出去猎取食物。女人也跟了过来。当陆沈康来到外面的雪地上，看见跟在身后出来的一只母狼，才发觉自己现在是以一颗狼的心爱着这个女人。为了照顾所爱，保护她不受外敌侵犯，陆沈康将炯炯发亮的目光警惕地投向了广阔雪原的尽头。

汉高祖七年（公元前200年），即秦朝灭亡后六年，陆沈康已从部队失踪了十年。天下已由秦变汉，而曾经赠送兽皮羊肉给陆沈康的张安良仍然在边境担任长城守军队长。秦末内乱，天下四分五裂，守卫长城的兵士也大多逃散，张安良却一直没有离开自己的岗位，到了汉高祖时期，他被安排在了和原来一样的位置上。

这天，张安良为拜谒一名新到此地上任的长城守备军将领，率三名士兵离开了驻地。两三年前匈奴已从这里远迁北方，此地已摆脱了威胁。

行程需要四日三夜。第一日，他们在荒地中一个小沼泽旁过夜。正值初夏，白天大地被阳光烤得灼热，可一到夜晚，气温又骤然下降，犹如隆冬。尽管如此，这个时期还是此地最好的季节。

张安良正准备在营帐内就寝时，一名士兵从帐外归来报告，附近山丘上有两只狼在嬉戏。张安良和另外两名士兵立即走出营帐。月光如水，将大地映成一片蓝色。右边不远的山丘上果然有两只狼在嬉戏。它们无疑正在交欢，在一览无余的原野上，白色月光照耀着，那情景看上去令人感觉无比恐惧。一名士兵搭弓瞄准，箭落在山坡上时，两只狼向左右飞奔而去。

次日拂晓，营帐中安睡的张安良被一种异乎寻常的喊叫声惊醒。他迅即走出帐内，发现负责做饭的士兵倒在帐前，喉咙和侧腹被咬得惨不忍睹，身上的肉被撕成碎片，已经断了气，一看便知是遭了狼袭。

张安良失去了一名手下，他们牵着那匹失去驭手的马来到附近的村子，向村民说明遭狼袭击的士兵尸体的位置，请他们帮忙埋葬。然后，张安良与两名士兵迅速离开了村子。

但是，当天晚上在驻扎在丘陵上的宿营地，张安良一行人还是遭遇了同样的灾难。这次是深夜，一名士兵到营帐外小便，一去不复返。次日清晨，张安良才发现那名士兵不见了踪影。他在营帐附近费力寻找了一番都没有找到，只见草丛中到处是尸体的碎片。

由此，张安良和剩下那名士兵明白他们是被狼追踪了，不由得毛骨悚然。这一次，两人到了半日路程外的一个村子落脚，请村民们帮助寻找失踪的士兵，然后再出发。

第三日，他们决定不搭营帐而到村庄里寻找住处，二人骑马走了整整一天。中午和傍晚，他们分别两次听见远处的狼嚎声。当晚一进村，那名士兵便发高烧卧床不起，也许是被狼吓坏了。

第四日，张安良一人骑马前行，半夜应该能够到达目的地——长城脚下的一个村子。张安良勇敢过人，对狼没有丝毫恐惧，可不带一兵一卒赶赴营地，的确让他伤脑筋。

黄昏时分，张安良在一座布满岩石的丘陵下停马，打算让跑了整整一天的马休息片刻。当他下马坐到地上时，远处传来了狼嚎声。因为有了之前的教训，张安良立即站了起来，眺望这一片原野。原野上低矮的丘陵如同波浪一般绵延起伏，血红的太阳正要落山，无论山丘还是田野草木，所见之处都被染成一片红色。

张安良又坐了下来。这时比刚才更近的地方又传来狼嚎，声音拖得很长，令人毛骨悚然。

他刚一站起身，便发现面前高地上突然蹿出一只狼。那狼垂着拖到地上的尾巴，斜穿过高地，一半身子藏于岩石后面，向张安良这边张望，张着大口，细长的舌头抖动着。

张安良拔出刀，准备待狼一走近就一刀结果它。他为了不向对方示弱，目不转睛地盯着这只凶猛的野兽。

不知过了多久，狼突然从岩石后面露出全身，前肢并齐蹲在地上。

“是张安良吗？”

张安良一时辨不清呼唤自己的声音来自何方。

“好久没见了。”

张安良有生以来从未如此惊骇过，因为他发现声音出自狼之口。由于过分惊恐，他一时说不出话来，片刻之后才大喝一声：“你是谁?！”

狼仍旧抖动着舌头，喘着粗气说道：“说出来你一定会吃惊，我是陆沈康，你的老朋友陆沈康，因为一些原因变成了这副悲惨模样。”

张安良没有作声。虽然狼这么说，他还是无法置信。过了一会儿，对方似乎留意到张安良的疑惑。

“朋友，听听我的声音，对这个声音你还有印象吧？我们不是曾经多次在一起喝酒，彻夜交谈吗？这声音你总不会忘了吧？”

听狼这么一说，张安良果然觉得那声音就是往昔亲密战友熟悉的声音。“你怎么会变成这副模样？”张安良问。

“这请你不要打听。无论发生什么，我都不会说。一切都是天意。变成这样，我是多么想一死了之啊。但寿数已定，想死也死不了。我就是以这副模样一直活到了今天。不过我想，幸好活了下来，今天才能这样和你说话。”

这番悲切之言打动了张安良的心。他不禁对朋友这罕见的命运产生了同情。

“陆沈康！”

就在张安良呼唤旧友的名字时，远处又传来一声狼嚎。陆沈康用力伸展狼的两只前腿，站起来，说：“许久以来我第一次恢复了人心，但是马上就坚持不住了。一听到那个伙伴的叫声，我的心又会变成狼心。就在此时，我的心正在变成狼心。我就要变成狼了，变成狼就会袭击你。”

张安良看见陆沈康的狼眼中渐渐射出残忍的凶光。

“我将变成狼，正在变成狼。张安良，我不得不袭击你，因为你看到了我和妻子不能让任何人看见的行为，而这是狼的本性不能允许的。张安良，我会变成狼袭击你。你杀了我吧，不要低下身去。你低下身子，我们就胜了。”

变成狼的陆沈康说完最后一句话，抬头向天大吼一声。远处又传来一声狼嚎，比刚才更近了。

张安良望着这已完全被残暴本性武装起来的狼——陆沈康，如今只是一只野兽，早已与昔日朋友没有丝毫关系。他握刀准备砍向陆沈康这只狼，必须杀掉眼前这只凶狠的野兽。他感到心中的杀机正在威逼对手。

这时，他发现隔着一小块洼地的另一座山丘上，一只狼正沿着斜坡飞也似的直冲过来，刚一消失在洼地里，就以令人难以置信的速度跑上张安良所在的山丘。

那只狼一个腾空飞跃扑上前来，同时陆沈康这只狼也纵身一跃，好像正在等待这一时机。张安良立时感到两只狼分别从头顶和身侧扑来。他回身避开，挥刀向左右横砍过去。两只狼为了避开刀锋，蹿起又落下，然后又跳跃着扑来。

拼死搏斗并没有持续多久。张安良被岩石绊倒，一条腿跪倒在地。紧接着，两只狼同时全力扑来，一只咬住张安良的喉管，一只咬住他的大腿，死也不松口。

落日映红的山丘上，张安良的鲜血流成了河，眨眼工夫就渗进了地面。

此事过后半年，汉廷向长城守军发出布告：近日狼灾频繁，塞外官兵切记扎腹带，万勿大意。

所谓腹带是何物，如何防御狼袭，时过境迁，现在都已无从知晓。

褒姒的笑

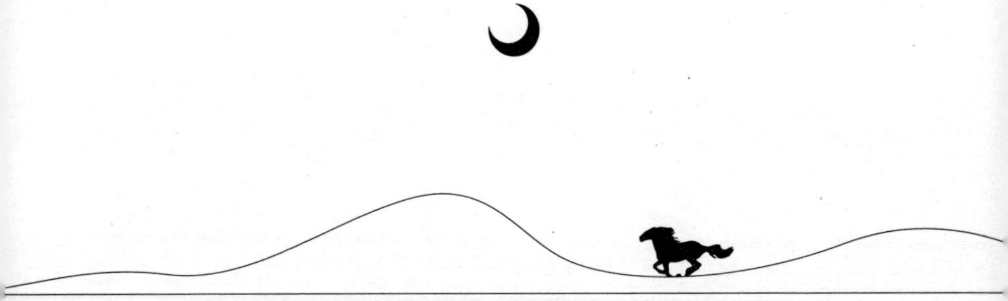

享有明君之誉的周宣王驾崩后，幽王继位。其执政第二年，周都城镐京发生大地震，地震波及泾水、渭水、洛水三大河，洪水肆虐、水源枯竭、山体崩塌。

太史伯阳父如是说："周将亡矣。夫天地之气，不失其序，若过其序，民乱之也，阳伏而不能出，阴迫而不能烝，于是有地震，今三川实震，是阳失其所而镇阴也。阳失而在阴，川源必塞；源塞，国必亡。夫水土演而民用也。水土无所演，民乏财用，不亡何待？昔伊、洛竭而夏亡，河竭而商亡。川竭，山必崩。若国亡不过十年，数之纪也。夫天之所弃，不过其纪。"[①]

伯阳父的预言立即流传开来。有人相信，也有人视为乱国者之言，大加谴责。先王宣王在位四十六年，北击匈奴、南讨淮人，扫除外敌入侵之忧，统辖诸侯各国，平定长期内乱，

① 出自《国语·周语上》。

充实国库，在管理国家上确实取得一定成效，但他的治世并未深得民心。由于疏漏了自古以来以德治民的为政之本，尤其在其晚年，国内不平不满之事从未间断。因此可以说，伯阳父的预言既昭示了人们对时势的愤慨，也是对继承宣王的新王——幽王的警诫之言。不管伯阳父本意究竟何在，大多数人都视之为国家灭亡的不祥预言。

伯阳父做出这不祥预言的同年年末，褒姒进入幽王后宫。褒姒的“褒”是她所在的诸侯国之名，“姒”是她生长的贫苦之家的姓。褒姒之父以山桑制弓、箕草做箭囊，以此维持生计。弓和箭囊都是杂兵才用的粗陋之物，即使从早到晚片刻不休地努力劳作，生活仍很困窘，自褒姒记事以来家里就没过上一天好日子。母亲为了寻找制弓的材料山桑，每天都要披荆斩棘进入深山。褒姒年幼时也和母亲一起进山，女大十八变，出落得貌美如花，远近闻名。母亲怕干粗活磨粗她娇嫩的双手，便不再带她进山。

褒姒从小就听惯了父母说她是捡来的，多亏有他们的同情她才能活到今天之类的话。据说见她被扔在路边，夜里哭个不停，父母觉得可怜便把她捡回来，带她一起来到褒国。父母一直唠叨说她是捡来的，是为了让女儿知晓父母之恩，可褒姒却全然不在意。不管是不是抱养的，对褒姒来说，她只有父母这两个亲人。父母亦是，虽嘴上一直如此说，可从未因此而对她刻薄或少疼爱她半分。

到了十五六岁，褒姒更加美艳动人，其美貌国内无人不知无人不晓。但不知为何，她从来都不笑。无论什么滑稽的事情都未曾让她笑过。这一点同她的美貌一样世人皆知。父母曾经为此争吵过，互相指责对方总说她是捡来的，从而夺走了褒姒的笑。

褒姒进入幽王后宫实属偶然。一名诸侯王犯了罪，为赎罪向幽王敬献美女，于是这个乡下贫苦人家的女儿被选中。对她来说，能进入幽王后宫，简直是不可想象的幸运。

褒姒告别双亲，奔赴都城镐京，进入后宫。她的美貌立即赢得了幽王之心。翌年，即幽王三年（公元前 779 年），褒姒生下王子伯服。不论是进入后宫，还是生下王子伯服，无论是开心还是悲伤，褒姒的脸上从未流露出任何表情。

然而，幽王越来越宠爱褒姒。终于有一天，他废黜正宫申后以及申后所生的太子宜臼，让褒姒及其子伯服取而代之。可就算褒姒成为正宫，儿子伯服成为太子，她的脸上仍没有任何表情。幽王一直期待褒姒的脸上能浮现出哪怕一丁点笑容，可她从来就没有笑过。

这时，曾经预言周国要灭亡的伯阳父又发话了。他说："祸成矣，无可奈何！"①

---

① 出自《史记·周本纪第四》。

正如伯阳父所言，祸已成。被废黜正宫之位的申后是周朝大诸侯之一申侯之女。谁都看得出来，幽王的做法令申侯很不快。朝野内外传言四起：申侯外通异族西夷、犬戎正欲谋反，某大诸侯欲与申侯联合出兵，等等。虽无法判其真伪，但似乎每一个传言都有可能发生，何时发生叛乱都不足为奇。幽王为防备这种事态发生，下令在王宫周边的骊山山顶修建城墙，并在各个地方建造烽火台和鼓楼，还在骊山山麓一带集结兵力、严整军备，以便随时防备敌人来袭。

可是，幽王四年、五年和六年，都平安度过了。申侯那边看不出有什么异常动静，西夷、犬戎也没有什么特别需要警戒的举动。

幽王七年，虢石父讨好幽王，成为上卿，操持政务。虢石父生性狡猾，贪得无厌，百姓都很怨恨他。一天，他向幽王奏道："若在山顶的烽火台点火，不知能否博得王后开心。"幽王为了取悦褒姒费尽心机，一听说能博其开心，立即采纳了虢石父之言，命令在这一天日落时分于烽火台点火。于是，夕阳余照时，天边燃起袅袅之烟，等到夜幕降临时，烽火终于点燃。同时，山顶鼓楼传来震天的鼓声。

转眼间，骊山山麓从上到下陷入一片混乱。家臣们一个不留地赶往王宫，武装好的士兵、车马也都聚集到王宫周边打转，最后形成了几十支队伍，往半山腰赶去。不只是王宫周边，镐京城内也是一片混乱，周边各个驻地的兵马也都朝都城而来。

褒姒在王宫内看到骊山山脊上每隔一段距离都有点燃的火苗。这天晚上恰好没有月亮，远远望去，红色火舌不断舔舐夜空的画面异常美丽。整座王宫笼罩在一片黑暗之中，周围充斥着战马的嘶鸣和行军士兵的骚乱。王宫内人们出出进进，异常混乱。朝臣和武将们都惊慌失措地赶来参见。当他们得知烽火台点火并不是因为敌人来袭时，只能呆呆地注视着那山巅之火。回廊上、庭院里挤满了这样的人群。

幽王指着山顶的火问褒姒："美吗？" 褒姒脸上第一次浮现出笑意，笑声虽然很轻，还是从嘴角传了出来。幽王吃惊地凝视着褒姒的脸，可那笑容已经消失不见。不过，这已经让幽王异常高兴了。在他看来，褒姒隐约浮现出笑容的脸是如此妖艳美丽，简直是这世上根本就不存在的事物。

褒姒脸上那转眼就消失不见的笑容一直令幽王难以忘怀。无论用什么办法，他都想再看一次褒姒的笑脸。幽王八年，他再次命人在烽火台点火，距离上次点火刚好时隔一年。王宫周边发生了和之前一样的情形。城内立刻陷入混乱，士兵和战马相互簇拥着集合到几个广场，然后朝没有敌人的山顶敲响战鼓，放射无数支箭。王宫内再一次挤满了群臣，他们慌慌张张赶来，之后又像丢了魂似的满脸疑惑、表情木然。只是这次连夜赶进宫的人比上次少了。幽王期待这天晚上褒姒能笑，可最终还是没看到她的笑脸。

幽王九年，烽火台第三次点燃。这次急忙赶到王宫的人很少，夜色下的王宫十分安静，虽能听到战马嘶鸣士兵喊叫，但看上去就像是连夜秘密行动的秘密部队一样。这天晚上，幽王紧挨着褒姒，片刻都不曾离开，可最终还是没能看到褒姒的笑脸。

幽王十年，烽火台第四次被点燃。只有极少数人再赶来王宫，已经看不到兵马出动。对幽王来说，点燃烽火台变成了徒劳之举。每一年幽王都会像这样，下命令点燃一次烽火台，但其实在他心中，烽火台早被点燃了许多次，若不是虢石父阻止，他肯定会在一年之内无数次地发布点火之令。一想到褒姒笑脸上那种妖艳的美，幽王就无法抑制自己想要点燃烽火台的强烈欲望，就连出此主意的罪魁祸首虢石父都不能再听任幽王胡乱点燃烽火台了。

幽王十一年一月的一天晚上，幽王得到消息说申侯、西夷、犬戎的联合大军正在朝镐京逼来。这简直就是晴天霹雳。消息传来之时，叛军的先头部队已经快要进入城内了。为向国人告急，幽王命令点燃烽火台。没过多久，骊山山顶被一排火焰覆盖，通告有敌人来袭的大鼓也被敲得震天响。

可是，此时并无一人赶来王宫，文武百官对烽火台之火和大鼓声已经习以为常，只剩烽火徒然灼烧着夜空。刚听见拉弓射箭的声音，利箭转眼就已射进宫来。直到这时，百姓和士兵才明白过来真的是敌人袭来，但大势已去。

箭雨开始侵袭到王宫内，幽王和褒姒站在寝宫前铺满石头的露台台阶上，露台四周围着栏杆。露台的石头、栏杆、幽王的脸、褒姒的脸，在山顶烽火台之火的映照下，都像沐浴着夕阳一样发着红光。京城内有几处开始冒烟，不知从哪里传来的异样的喊声和骚乱声越来越大。几名士兵前来禀告："请陛下从北门走，王后从南门走。为陛下和王后出逃准备的车马和护卫的士兵都已经安排妥当。"

这时，幽王听到了褒姒的笑声。那笑声好似珠玉滚动，清脆响亮。褒姒那妖艳的脸庞让幽王心荡神驰。她稍稍侧过脸仰头凝望夜空，嘴边的肌肉似乎颤动了一下，又从嘴角溢出笑声。幽王想，褒姒笑了！褒姒笑了，褒姒笑了，褒姒笑了！幽王就那样目不转睛地望着褒姒的脸，直到几名士兵把他从褒姒身边拉走，围着他慌慌张张地向北门跑去。

在这场叛乱中，幽王被杀，褒姒被俘。幽王逃出城不久，在一个种满石榴树的村口被敌兵发现，当即被斩。

幽王死后，诸侯都臣服于率先发动叛乱的申侯。申侯平定国内动乱，待人心安定下来之后，扶持之前被废的太子宜臼继承幽王之位，即平王。从叛乱开始到宜臼即位仅用了十几天时间。正如伯阳父所预言，幽王在位十年即亡国。平王即位后不久，为避开犬戎进犯而迁都洛阳。长期作为周朝都城的镐京城就此被废弃，骊山山麓的王宫也再无人光顾。

褒姒被申侯所俘之后的事并不为人知。史书将幽王记载为沉迷于女色而亡国的昏君，褒姒则是让幽王亡国的祸水红颜。《诗经》《周语》中对褒姒都没有什么正面评价。

有一点值得注意的，是《史记》介绍了有关褒姒身世的神秘故事，可见当时应曾在民间流传。相传，很久以前，夏开始衰落之时，两条神龙降落在王宫内口吐白沫。夏帝见此，让家臣占卜，看是应该杀了它们还是将它们扔出去。结果二者皆不吉。夏帝想，如果将龙嘴里流出来的白沫收集起来会如何？于是再次命人占卜。结果为吉。夏帝重整衣冠，毕恭毕敬地向龙传达了此事。龙忽然消失不见了，宫内只剩下白沫。后来白沫被收进箱子，为夏朝王室所保存。之后，夏朝灭亡，装有白沫的箱子传至殷，殷灭亡后又传至周。周厉王晚年，一次打开箱子看，结果装在箱子里的白沫接连不断地流出来，漫延到院子里，无法止息。为了驱赶神魔，周厉王让众多裸女站在白沫之中祈祷，白沫终于不再往外冒。遍布整个王宫的白沫开始从周围散去，渐渐变少，最后变成一只很小的蝾螈朝后宫跑去。后宫一名七岁的幼女想要抓住这只蝾螈，她的手碰了一下，蝾螈便不知消失到哪里去了。

摸到蝾螈的幼女长到十七岁，还是处女之身即怀孕，生下一名女孩。大家都说这是蝾螈之女，对此很忌讳。女子以此为辱，把这名不知生父是谁的孩子扔了。这时，国内开始传唱一首童谣："檿弧箕服，实亡周国。"[1] 虽不知最初是谁开始唱的，为政者下令禁止传唱这首童谣，同时下令搜捕制作山桑弓和箕草箭囊之人，后来发现了一对以此为生的夫妇，欲捉而杀之。这对夫妇在出了国境逃往褒国的途中，看到一名被人抛弃的不幸婴儿，觉得可怜，便捡来一起前往褒国，并把她抚养长大。据说这婴儿正是褒姒。

按照这个故事的说法，褒姒既是蝾螈之子，又是白沫之子，还可以说是龙之子。她身上拥有一种对国家不祥的东西，由命中注定要养育她的夫妇抚养长大。这样想来，故事告诉人们的是：褒姒并不是幽王的宠妃爱妃，而是所谓幽王的命运。如果是这样，褒姒不笑也就不足为奇。只有当深深隐藏在内部、如生命般的东西开始活动时，命运才会浮现出妖艳、会心的微笑。

褒姒笑了。

① 意即卖山桑弓、箕草箭囊之人，就是使周国灭亡的人。

罗刹女国

昔日宝州小岛上有一座大铁城，住着五百罗刹女，本故事即源于此传说。宝州不知位于何处，但在被称为天竺的古印度有叫作宝州的地方，大概在今天印度半岛的最南端。本故事发生的地点罗刹岛应该就是当时的狮子国，即如今兰岛附近的一座小岛。

铁城位于小岛北端的低矮山丘上。称为铁城，并非铁铸之城，而是该城以铁锈色硬石建成，晴天在阳光下红光闪耀，阴天却是截然不同的阴郁黑色，到了月明之夜，全城看起来好像是在蓝色中微微撒了金粉，自远方一眼便能望见。

城楼上一年到头竖着两杆高旗，罗刹女以此占卜吉凶。遇吉事吉旗动，遇凶事凶旗动。每有船只漂到小岛，罗刹女便变身美女，执香奏乐，去岸边迎接船只遭难的旅人，邀到铁城热情款待，结下情缘。同宿后见男人起了二心冷淡自己，罗刹女便立即将其投入铁牢并食之，这是她们的习惯。

某年某月，城楼上吉旗大动，罗刹女未曾见过吉旗如此摇动。从城楼望去，巨大的帆船搁浅在岸边，周围聚集的船夫不计其数。帆船明显破损，几根大小桅杆均已折断，船帆像海草般缠在桅杆上随着海风飘动。

罗刹女接连登上铁城楼梯，眺望海滨，又接连下来。走到了楼梯中间的第七级，她们都变身美女，最前面的三十人执香花，之后三十人奏乐，随后者描眉涂唇低眉俯首，妩媚地静静向海滩走去。前列的已到岸边，铁城台阶上的还在接连往下走，长长的队伍不见队尾。

女人们各自邀请男子，进入敞开的铁城大门。五百罗刹女只剩最后一个——罗刹女王时，落难者一方也只剩下年轻的船长僧伽罗。五百罗刹女倾城而出，这在恶魔建城之后还是首次。

从那天起，僧伽罗便与罗刹女王住在了铁城宅邸，其他船员则在丘陵、山脚、海边建房而居。小岛北端一带渐渐形成村落，热闹似都城。

岛上的生活对落难的船员们来说十分快乐。女人们想尽办法找来食物，海边有丰富的鱼虾，山坡上芳香扑鼻的浆果取之不尽。梦幻般愉悦的一个月过去了，男人们开始每天来往岸边，在年轻船长的指挥下修复破船。船体破损得厉害，谁也不知道究竟能否修好，回到远隔千里汪洋的故土。

岛上的日子到了第三个月，僧伽罗终于提议放弃旧船，建造新船。提议得到了众人的同意。从此，男人们日渐忙碌起来。他们必须到丛林里去砍伐大树，运出来做成木材，再搭建成船。而当男人们结束劳作回到住处，女人们会极尽所能犒劳他们，比男人们以往所知的任何女人都温柔贤淑，即使男人只伤了一根手指，女人也会不惜把自己弄得伤痕累累，挺身去丛林只为寻找一棵药草。

所有罗刹女都是如此，无一例外。她们如此情深意切，是因为她们有两种本领：能在天上飞，能变身成人。但她们同时又背负着这样一个命运：如果变成人的样子持续千日，就能成为人间女子。但迄今为止，她们中间还没有一个能变成人间女子的。怀抱人间女子之心，保持人间女子之态长达千日，对罗刹女来说困难至极。即使变成人，她们原本的罗刹之心也会随时冒出来。一旦显露罗刹之心，她们就会瞬间变回恶魔原形，忍不住将男人关进铁牢，吃掉他们。

无数次，男人们看到和自己同住的女人目光中闪着无比的温柔，似乎在说：为了你，我能忍受一切痛苦，为了你活下去，我随时愿舍弃自己的性命；但我有一个请求，请不要移情别恋，此心若变，我就不可能像现在这样对你好了。

男人们都十分清楚自己的女人会在何时说这样的话，每当女人眼神充满无限柔情时，他们会替女人说出要说的话。

一年转眼过去了。女人们接连生下女儿，铁城到处能听见婴儿的啼哭声。虽是罗刹产下的孩子，却和常人的孩子没什么两样，要说有什么不同，那就是生下的全都是女孩，没有一个男孩。对此男人们之间有时也会谈论，但这座岛上本来就只有女人，在这些除漂泊之魂以外一无所有的落难人看来，也就见怪不怪了。

僧伽罗也有了女儿。他每天巡视村落，查看手下们的劳动，解决他们之间接连不断的纠纷。孩子出生之前，僧伽罗都是一人巡视，孩子出生之后，他身边经常跟随着怀抱孩子的女人。僧伽罗的女儿嘴唇青紫，从来不笑，但僧伽罗还是很宠爱她。长着紫色嘴唇、从来不笑的不只是僧伽罗的孩子，其他孩子全都如此。

男人们来到岛上一年到一年半之间，女人们接连都生下了孩子。从五百个女人几乎都当了母亲之后，僧伽罗发现村落中发生了奇怪的现象，那就是手下经常和同居的女人双双消失。昨天还确确实实地生活在那里，今天一看，家也空了，男人女人都消失得无影无踪。开始他以为不过是吵架搬到别处去了，可稍稍留意一下，发现消失的不只是三两家。僧伽罗和自己的女人说起这事，女人说，这个岛的南海岸有热闹的城邑，男人们大概是厌倦了这里的生活，带上女人搬到那里去了。但去南海岸要穿越蟒蛇栖息的大片沼泽地，搬走的人可能全都死在路上了，派人去追也是徒劳。

听女人这么一说，僧伽罗也就相信了。在这个大铁城生活，虽说不愁吃喝，但也不过如此，无法令人满意。建造新船还需要一年以上的时间，就算船造成了，也不一定能够平安渡海。

既然如此，产生放弃回乡、留在岛上的想法也很正常，而一旦下了决心，也就不一定非得留在这座铁城了。如果还有其他地方能够让人过上像样的生活，想迁走也就很自然了。

岛上的日子过了两年，迁走的人已过半数，到了两年半时已超过三分之二，每日在海边照常造船的不过百余人。村里明显变得萧条了，但僧伽罗不太把此事放在心上。他想，等船造好的那一天，那些真心盼望回家的人会从岸边出发。然而，迁离者不断出现，每个月都会有几个。留在村里的人少了，有人离开就会很明显。有时候一天就会消失两三个，有时一二十天也没有一个走的。

当村里的男人只剩下七十人左右时，发生了一件事。男人中最年轻的二十二岁舵手和一个比他小两三岁的稚气未脱的女人同住。女人怀了第二个孩子，许久不能与他同床，大概出于这个原因，有天晚上，他找到自己过去就动过心思的另一个女人，趁那家男人不在图谋不轨。那女人刚开始悲泣着抵抗，但马上就听任他摆布了。事后，年轻人放开女人慌忙离开。明朗的月光照在村路上，如同白昼。年轻人担心女人的悲泣声被人听到，但出门一看，家家户户静悄悄的，似乎谁也没注意到发生了什么。

年轻人回到自己的住处，推开门的刹那，女人白皙纤细的胳膊从门缝里伸了出来，猛地抓住他的手，力气大得令人难以置信。男人一下子被拉进门，女人挺着大肚子瞪着他，只说了一句："好了，走吧。"紧接着男人被拉到门外，被女人生拉硬拽着走在刚才洒满月光的路上。男人说："去哪里？放开我的手。"女人一句话也不说。男人毫无反抗地被拉着往前走，那是一种无法反抗的可怕力量。半路上男人踉踉跄跄，膝盖一弯，倒在地上，就这么被拖着前行。铁城矗立在他前方，在月光下发出和白天不同的蓝光。难以言表的恐惧向他袭来。"救救我……我错了。"男人断断续续地说。听着男人的话，女人的速度变得更快了，简直像在空中飞行，眨眼间两人就到了铁城楼台入口的台阶下。

"好了，爬上去，吃了你！"女人这才开口。男人倒在地上抬头看女人。这时，他发现女人的嘴一下子咧到了耳朵，脸上的所有部位都变了形。那是罗刹的脸。男人想甩掉女人揪住他衣襟的手，那手已经不再是女人的手，变成了褐色的节节突起的可怕棍子。男人抓住台阶旁的扶手，衣服整个从他身上剥落下来。

这时，另一对男女从天而降般突然出现在他面前，只见女人拉着男人的脚爬上台阶。男人头朝下被拉上台阶，每上一级，头就拼命摇摆，发出沉闷的声响。在楼台顶端，作为最后的反抗，男人发出了震耳的哀号，随即就和哀号声一起消失在铁牢中。变成罗刹的女人也随即消失了。

衣服被剥去的年轻人被罗刹女抓住头发，拖拽到台阶一半就和她打斗起来。没有衣服可以拉扯似乎帮了年轻人，罗刹女只能使劲拽着他的手在台阶上拉锯，胳膊像棍子一般伸直，最后两人终于分开，年轻人翻着筋斗滚落到台阶下。

年轻人失魂落魄，拼命逃跑，罗刹女出现在他身边。他一丝不挂，拼命地喊叫，哀号着逃跑，跑到村口时晕倒了。

从第二天开始，僧伽罗每次巡视村子时都会被发了疯的年轻舵手缠住。他不光发疯，还变成了哑巴。僧伽罗不知道他为什么缠着自己，也不知道他究竟想表达什么。可疯子总是缠着僧伽罗，想拉他去铁城那边的山坡。僧伽罗好几次都依着他被拉过去，但他又总在半路停住，满脸恐惧地举起双手指着铁城那边胡乱喊着，无论如何也不再往前一步。

船造好那天，僧伽罗把手下集中到竣工的大船前。现在只剩下三十余人了，不知不觉间竟走了那么多人。能乘坐几百人的大船终于造成了，操纵大船的船夫却少得让人担心。那天夜里，海滩上举行了庆祝酒宴。酩酊大醉的男人们唱起家乡的歌谣，跳起舞，喧闹着。女人们也夹杂其中。男人们吵闹着，丑态毕露地四处追逐女人。第二天，又有十几个男人不见了踪影，跟他们住在一起的女人也消失了，村子里顿时更是冷清不少。

第二天夜里，村子里的女人们聚集在一起。大船出发的日子临近，她们有很多事情要商量。应僧伽罗的女人的要求，男人们谁也没有参加这个集会。二十多个女人在海滩一处围成一个圆圈，每人怀里抱着一个幼儿。

和僧伽罗同住的罗刹女王向大家发话说，再过十天左右，和男人们在一起的时间就到一千天了，这样下去的话，我们就会变成人间女子，不能再变回罗刹，不能在天上飞，要是男人们变了心也不能再吃他们。现在她们面临着选择，是变成人，和男人们一起回到他们的国度，即使他们和别的女人私通也只能忍受悲伤活下去好，还是像原先那样做罗刹好？还有另外一个问题，如果变成人，就要和现在怀里的孩子分开，她们长大后都会变成罗刹女，不能带到男人们的家乡。

结果，女人们众口一词：她们不忍心和孩子分别，也会为不能吃掉和别人私通的男人伤心，但是，即便如此，她们还是不能和现在的男人分开，最终选择和男人们一起去他们的家乡。大家意见一致，没有一个人反对，罗刹女王也怀有同样的想法。

大船出发的日子定下来了，女人同行的事情也定了，村子里虽然人少，却呈现出一股活力。男人们每天往船上搬运粮食，女人们帮忙一起搬。父母干活的时候，那些将要被留在岛上的不幸的孩子被大人用绳子拴在一起，放在海滩一角围成一圈。那些孩子无法区分，都是一样的紫色嘴唇，一样的表情，一样不会笑。

离出发只剩下两三天了。一晚，僧伽罗深夜巡视村子。以前他不会在晚上巡视，自从出发的日子定下来之后，他便开始巡夜。如果再有人离开，船只将无法操纵，他不许再有人溜走。

僧伽罗在村里巡视一圈，刚要往回走，又被突然出现的疯舵手缠住。年轻舵手表情严肃，频频指向铁城楼台，嘴里叫着什么。僧伽罗发觉此时年轻疯子的神情不同寻常，第一次起念想去铁城楼台看看。他在铁城的房子里住了三年，还从没有上过楼台。同居女人对他说，这个岛上的人都认为楼台不吉利，千万不能上去。他生性率直、不拘小节，一直听信女人的话，觉得没有必要特意去不祥之地看个究竟。

然而，这个夜晚，僧伽罗却第一次产生了上去看看的念头。站在白天赤红、月光下发蓝的铁城前，他穿过平时出入的大门，走向楼台台阶。四周一片异样的寂静，但僧伽罗是个大胆的人，没有一丝恐惧。他顺着台阶一级级上去，走了五六级，忽然似乎听见轻轻的救命声。声音从楼台上方传来，僧伽罗站住，竖起耳朵倾听，确定有人在喊救命，而且不是一两声。他又上了几级台阶，这时听到的是一个熟悉的离开了的人的沙哑声音。

“僧伽罗，我们都被关在这里，女人们都是可怕的罗刹。你什么都不知道，每天晚上都有三个伙伴被拉出去吃掉。还有大约六十人没被吃掉，救救我们！你的女人，还有其他人的女人都是罗刹，你们也会被吃掉的。救救我们！”

僧伽罗问：“怎么才能救你们？”

那个声音说：“我听说，对着海上升起的太阳虔诚祈求就能驱除恶鬼并超度她们，你试试看，救救我们。”

僧伽罗没再往上爬，马上从楼台下来。他回到住处，向与自己共居了近三年的女人冷不防问道：“你是人还是罗刹女？”

女人瞬间变了脸色，神情悲哀起来，说："既然你已经知道，隐瞒也没有用，就明说吧。像你说的，我们是罗刹女。虽然是罗刹女，但只要再过两天就能告别罗刹变成人间女子。请把我们变成人间女子，带到你们的家乡。那样即使将来你和别的女人私通，我也只好强忍悲伤了。我不知道这对自己来说是否幸福，但现在只能如此。所以，最后两天，无论如何请不要让我的心变回罗刹之心。请不要对别的女人动心，不要和别的女人私通。"女人说着，潸然泪下。

女人的话打动了僧伽罗的心，但他不能对铁牢里的男人见死不救。如果把他们救出来，就意味着会有六十个水手，这对出海无疑是巨大的帮助。就现在的这几个人出海，能否完成遥远的航程实在令人担忧。

那天晚上，僧伽罗一直抱着女人。她一整夜都在请求他的爱抚，似乎没有他的爱抚就无法平静。他觉得这罗刹女很可怜。但等到日出时分临近，僧伽罗毅然下床走出家门，不顾女人在身后哭泣。他来到海边，面对海平面上升起的太阳，祈祷着铁牢里的人们能够从罗刹的诅咒中得救。

当僧伽罗从海边往回走时，铁城那边一群男人跑了过来。他们告诉僧伽罗，铁牢的大门突然无声地开了，他们就逃了出来。僧伽罗说要马上出海，一刻也不能犹豫。

回到住处，女人和孩子都不见了踪影，僧伽罗立即返回了海边。船夫们像蚂蚁一样聚集在大船上。

船终于浮在了海面上，这时不知从哪里传来美妙的乐声。那是三年前他们漂流到这个岛上时听到的乐声。僧伽罗和船夫们站在岸边，沉醉于乐声之中。突然，岸边出现了一个女人，紧接着，女人们一个个出现，怀里都抱着各自的女孩。岸边立刻一片混乱，船夫们都开始忙着寻找自己的女人。

僧伽罗大喊着阻止他们，可半数人就像是被线拉着似的向女人走去。刚才还被困在铁牢中的男人们，也有一半去了女人那边。他们朝女人走去，向僧伽罗点头示意时，脸上的表情分明在说：也许还会被吃掉，但也没办法了。

僧伽罗的船在骚乱中离开了海岸。他听见罗刹女王那里传来凄厉的悲号，只觉得身心几乎都要凭借难以置信的力量飞到她身边。他口中念着咒语，拼命忍住不往海岸那边看。

故事到这里就结束了。逃离罗刹女国的僧伽罗，还有留在岛上的船夫们后来如何，没有了下文。

僧伽罗国缘起

很久以前，南印度有一个小国，国王的女儿要嫁往邻国，于是在某个良辰吉日，三十多名侍卫护送着新娘的队伍出了王宫。因为国家小，新娘一行人马在第二天日暮时分就到达了国境边一座高山脚下的村庄。预计第三天和第四天都将在山野扎营过夜，第五天应该就能到达邻国。据说这座山里经常有强盗和妖怪出没，骚扰过往行人，所以国王这次挑选的侍卫个个都是身强体壮的年轻人。

一行人马在山脚下的村庄住了一晚，天明之前便动身进山了。队伍按预定计划前进着，平安度过了一天一夜。第二天白天也平安无事，可是到了夜里，当他们翻过山，在山背面一块狭窄的平地上宿营时，灾难终究还是降临了。

深夜，人们被一种奇怪的咆哮声惊醒。年轻的侍卫们一跃而起，竖起耳朵戒备着。咆哮声再度传来，穿过山谷，越过山尖，令人毛骨悚然。侍卫们心想，也许是老虎吧，于是每个人都屏息凝神。当咆哮声第三次传来时，对方似乎更靠近了些，年轻侍卫们不禁两腿发软。无论强盗还是妖怪都不曾令他们害怕，但这个地区几乎没有老虎出没，谁也不知道该如何对付老虎。这些年轻人眼前似乎浮现出循着人类气味步步逼近的猛兽。

第四次，咆哮声愈发接近营地了。其中一名侍卫实在按捺不住，钻出营帐走了出来，于是其他人也跟着跑了出来。外面是明亮的月夜，青白色的月光洒在地面上，如同白昼，连绵起伏的群山则是一片漆黑。这时，咆哮声接连不断地传来，一次比一次逼近营地，却又无法判断方位。侍卫们感觉老虎似乎随时可能冲过来。营地背后山坡上，那些灌木丛被风吹得沙沙作响。侍卫们匆忙逃入对面山脚下的阴影中，避开月光朝山下奔去。

侍卫们逃离之后，咆哮声频频传来，比之前更加凶猛。不知第几次咆哮后，那猛兽随之出现在平地一角，原来是一只巨大的老虎。此时那里只剩下新娘的轿子。

老虎全身沐浴在月光之下，慢悠悠地环绕着帐篷周围。突然，帐篷的帘子一角被掀开，现出女子的身影，她刚好站在老虎刚才走过的地方。老虎本能地向后一跃，放低身子摆好架势。只见在惨白的月光下，那女子像是被吸引着向老虎的方向蹒跚了几步，不一会儿就枯木一般地突然倒在了地上。新娘是被吓丢了魂。

一晃过去了十几年，曾经的新娘和老虎一起居住在深山中，并和老虎生下了一男一女。老虎每日都钻进深山幽谷，捕杀野鹿采摘野果来喂养女子和孩子。女子也曾为自己遭受的离奇命运感到悲痛惋惜，但最后还是说服自己这是前世注定的姻缘，决定以畜生之妻的身份度此一生。两个孩子无论哥哥还是妹妹，外表都是人的模样，但内心却充满兽性，性格十分暴烈。尤其是哥哥，不但体格庞大，力气也不逊于猛兽。可是在某一年一个月蚀的夜晚，兄妹俩突然通了人性，懂了人语。女子开心得以为是在做梦，但喜悦却稍纵即逝。

兄妹俩开始追问母亲，为什么自己明明是人，却有个老虎父亲。母亲并不愿让孩子知道他们的身世，但耐不住兄妹的执拗，母亲迫不得已诉说了十几年前的离奇遭遇。哥哥听完说道："老虎和人本是异类，我们难道不应该赶紧逃离虎父，投奔人类吗？"妹妹表示赞同。母亲认为兄妹俩想逃跑也未尝不可，只是她自己却有不同的考虑。她说："我也想过逃离虎夫，但最终明白就算逃走也无济于事，所以才放弃了逃跑的想法。况且我一个女人家也没有把握能逃得了，老虎拥有日行千里的脚力和穿透千里的眼力。幸好你们俩并不输给父亲，如果想逃应该能逃得了。见机离开，到人居住的地方，过人该过的生活。这也是我作为母亲所期望的。"

之后又过了半年，有一次老虎翻山越岭去远方捕捉猎物。兄妹俩对母亲说现在是逃走的好时机，但是母亲却不愿离开。

于是，哥哥强行背起不情愿的母亲，带着妹妹逃离了虎父。他们沿着事先探好的近路朝山脚奔去，第二天就到了有人的村落。

当村落渐渐映入眼帘，母亲终于放弃了重回虎夫身边的想法，回去也于事无补了。母亲对孩子们说："那就回我的故乡吧。只是你们务必要记住，无论如何也不能透露我的夫君、你们的父亲是一只老虎。人们若是知道此事，我们就会饱受歧视，无法生存下去，所以无论如何都要严守秘密。"

第二天傍晚，母亲带着两个孩子前往自己出生的国度，可原来的王室早已没落，家族成员没有一个还活着，国家也被别国占领。得知这个消息，母子三人走投无路地呆立在街角。城里的人们看见这半裸着身子、装束奇异的母子三人，便上前围观，纷纷询问他们是从哪个国家来的。母亲对人们说："我们原本是此地人，后被恶人所骗，在异国他乡流浪多年，如今终于得以同返故国。"人们听完后无不对他们表示同情，给他们送去食物和衣服。第二天，人们又帮助母子三人在城外建起了小屋，供他们暂时居住。母子三人各自在别人家里打杂，总算能够勉强糊口。

就这样过了一个多月，这个国家开始频繁发生虎灾。失去妻儿的老虎由于过于思念妻儿，怒火中烧，冲出山谷，往来于村落间，咆哮怒吼，一次又一次地袭击村民、杀死牲畜。人们今天还在村子里瞧见老虎，明天又见它横穿山口；以为它已逃入山谷，却又忽然发现它在村落附近的田间和街道出现。被老虎袭击的人不计其数，人们都因畏惧老虎而战栗不安，甚至无法安心入睡。要过山的旅人更是害怕，仅仅几人同行过于危险，人们不得不召集几十人组成旅队，敲锣打鼓，并备好弓箭枪矛。

国王得知此事，有恐危及国家安危，便着手治理虎灾。国王召集了全国的猎手，将其派往国境上老虎栖息的深山。可是老虎神出鬼没，这种措施只白白牺牲了猎手们的性命，却无法杀死老虎。国王发觉猎手无法承担这项任务，亲自率军包围了大山。士兵数以万计，被编成无数小分队，每天潜入密林，登上山峰，穿越山谷。可老虎震耳欲聋的吼声终日不绝，如此下去只会使人畜继续白白丧命。许多士兵一听到老虎的咆哮便双脚发抖，甚至退缩不前，哭天喊地地逃下山去。

这时又有一些猎手前来应征，有的还是从别的国家赶来。士兵和猎手合力进入深山幽谷之中。可是，白天不见老虎的身影，夜间它又来袭击营帐，每晚都有人伤亡。

于是，国王在国内发榜，招募能够去除虎灾的勇士。谁能够消灭老虎去除国患，必当重赏。但是，没有一个人敢去揭榜。

国王发榜的消息也传到了母子三人居住的贫民区。哥哥对母亲说：“再这样穷下去实在令人担忧，冬天近在眼前，我们没有食物也没有御寒的冬衣。我应该去揭皇榜。”闻听此言，母亲悲痛变色：“孩子，你怎么能说出这种话来？它虽是畜生，却也是你们的父亲。你不该因为自己过得辛苦，就生出忤逆谋害自己父亲的可怕想法。”可这时妹妹也来帮腔，兄妹俩异口同声：“老虎是异类，没什么顺逆的道理可谈。更何况我们已经抛弃了父亲，如今再说什么父子纲常之类的话又有何用？我们只能照自己的想法去做，已经没有明天吃的米了。”母亲知道无法改变儿女的想法，当场跪地，默默哭泣。

年轻人怀里揣着小刀出了家门，向着自己曾经居住过的大山进发，准备毛遂自荐。快接近老虎栖息的大山时，发现村落间都设了驻地。他来到第一个驻地，报告自己是来应征除虎的勇士，然后被从一个驻地送往下一个驻地。可不管走到哪里，士兵们都训斥他是个不知道老虎有多可怕的傻子，还有人说他太鲁莽，劝其赶紧返乡。而年轻人只把那些话当成耳边风。

不知通过了多少驻地，年轻人终于站在了山脚下国王的营帐前，拜见了国王。国王问这个唯一前来应征的年轻人：“你准备采取什么策略对付猛兽？”年轻人回答，只须在老虎出现时冲到它面前刺死它。在场的几名士兵都忍俊不禁，只有国王一人没有笑，对年轻人说：“你就这么干吧。”

随后，年轻人在山脚下的驻地无所事事地过了几天。尽管国王派了成千上万的兵马布满峡谷、包围大山，但不知为何，老虎这些天都没有现身。

一天夜里，年轻人被山谷中回荡的喊声和军鼓声惊醒。一名士兵过来告诉年轻人，老虎在树林中出现了。

年轻人拿起小刀放进怀里，立刻冲出营帐。外面的月光明亮得恍如白昼。离开驻地没多远，就能看见分散埋伏在各处的士兵的身影，有的在小溪边，有的在山坡下，有的在断崖上，连小树林里都有人潜伏着，士兵们包围了这整片老虎所在的郁郁葱葱的原始森林。伏兵有准备拔刀的，有准备弯弓射箭的，还有正在祈祷的，更有些人事到如今还准备逃跑。年轻人悄悄穿过士兵埋伏的区域。

最后，年轻人越过警戒线，走进荒野，穿过高高的野草丛向老虎所在的树林前进。走出荒野时，刚才还能听见的军鼓声和喊叫声忽然都停了。他缓缓逼近树林，随后停下了脚步。原本以为老虎藏匿在密林深处，其实不然，一个生猛硕大的身躯正伏在通往密林入口处那块扁平的巨石上。他可以确定那老虎就是自己的父亲。

老虎沐浴着月光，像一座雕像般一动不动，只有一双眼睛炯炯发光。年轻人盯着老虎的方向看了一会儿，心中丝毫没有见到父亲的激动，而只把对方当作要打倒的猛兽。老虎转向年轻人的方向，眼睛瞪得硕大，仍旧纹丝不动，不知道有没有认出他。终于，老虎缓缓起身，伸展前爪，使劲弓起身子，大吼了一声，树枝随风摆动。老虎在石头上绕着圈，垂着尾巴，准备向这个朝自己逼近的大胆年轻人发动进攻。它弓起身子，压低脑袋，摆好了进攻的架势。

年轻人直视老虎的双眼，摆好架势。可下一瞬间，老虎却突然放松了身体，像是忘记了进攻。它收起前爪，十分孩子气地趴了下来。年轻人意识到对方已经完全认出了自己。

年轻人又向前走了几步，老虎还是一动不动。他看穿了这只猛兽心中此刻只剩下怀念和温情。他登上石头，老虎缓缓地把头转向他。他走到老虎身前，弯下身子。于是，老虎躺了下来，眯起眼睛，用无以言表的慈爱目光注视着他。一瞬间，年轻人被虎父这样的态度打动，但马上便打消了这种念头。他伸手去摸怀里的小刀，然后猛地朝老虎的腹部刺去。立时，血如泉涌，岩石上溅起黑色的血沫。老虎猛烈挣扎了一下，但好像很快又忘记了愤怒，仍旧慈祥地注视着年轻人。年轻人使尽浑身力气，拔起老虎肚子上的小刀，狠狠地剖开了老虎的肚皮。这时，老虎脸上才闪过些许苦闷的神情，像是要把月光吸进去一般张开大嘴，阴沉地呻吟了几声。那声音高高低低地持续了一会儿，老虎就那样咽了气。

第二天，年轻人被带到国王面前。国王问他是哪国人，为什么能完成如此不可思议的事。年轻人回答说："我即本国人，只因幼年在山中长大，熟悉猛兽的习性。"国王对这个回答不太满意，总觉得有什么其他特殊原因，就让年轻人不要保留如实讲来，并承诺只要他说实话，不仅能获得奖赏，还会被委以重任。但年轻人没有回答。于是国王说："如果你无论如何都不肯说实话，那我只有把你流放到国外去了，因为在这个国家谁也不能违抗国王的命令。”年轻人还是不肯招供。国王依旧不肯放弃，日复一日地把年轻人叫来，威逼利诱。过了一些日子，年轻人终于忍不住把自己的身世告诉了国王，叙述了自己逃离虎父身边，回到故国，又因为贫困而应征杀虎的经过。

听完他的叙述之后，国王厉声说道：“大逆不道！谋害亲生父亲，这样的人又会如何对待父母以外的人呢？简直是兽性难驯。为民除害虽是大功一件，但杀害生父则是犯了忤逆之罪。我会重赏你的功劳，但作为惩罚还是要将你流放。如此一来才能不违背国法，我作为国王，说一不二。”

年轻人被遣送回家等候国王处置。过了许久，国王令人造好了两艘大船，并在船上堆满山一样高的粮食和衣物。全部准备妥当之后，兄妹俩被叫来，分别上了不同的船。兄妹俩乘坐大船离岸的那天，许多民众都在岸边围观。

国王如此重赏又如此重罚了两兄妹，母亲则被留在国内。国王给了她居住的房子、终生所需的食物，作为对她没有违背妻子本分的赏赐。

两艘大船随着南方的深色海潮漂流，哥哥搭乘的那艘船在几十天后停靠在一个小岛岸边。年轻人见岛上树木繁茂、果实丰盛，便决定留下来。之后又过了几年，岛上漂来一艘遇难的商船，船上是奄奄一息的商人一家。年轻人杀了当家人，把随其前来的子女留在了岛上。后来，年轻人和商人的子女们繁衍了许许多多的后代，后代又继续繁衍，生生不息。之后又有船漂来，岛上的子民就更多了。就这样过了几百年，岛上的居民有了君臣之别、上下等级之分，然后又建造了都城，修筑了许多城池和村落。

年轻人杀虎的故事作为这个岛上的先祖传说一直流传着，经过漫长的岁月，不知什么时候老虎变成了狮子。祖先曾经杀过狮子，后人就以狮子为国号，称作狮子国。

妹妹也幸免于难，乘坐的大船最后漂到了波斯国以西，后来被鬼神迷惑生下一群女儿，成了西大女国的祖先。

以上故事记载于玄奘三藏的《大唐西域记》。玄奘没有亲自去过狮子国，他应该是记录了从当地人那里听到的传说。《大唐西域记》这样记载："师子国人形貌卑黑，方颐大颡，情性犷烈，安忍鸩毒，斯亦猛兽遗种。故其人多勇健。"顺便一提，玄奘三藏去往印度的 7 世纪前半期，狮子国的国名被废除，代之以僧伽罗国，也就是现在的锡兰岛。而祖先是妹妹的西大女国现在是哪个岛，就不得而知了。

幽鬼

夜里十点，明智光秀率麾下一万零七百将士从驻地龟山城出发，向着遥远的中国地区[①]进发。按照常理，本应在早晨率队出城方显得威风凛凛，这次却夜袭般趁着夜色出龟山，将士们多少心怀恐惧。然而，走出五六町[②]，恐惧已从大家心中消失得无影无踪。

这年是天正十年（公元1582年），刚入五月便暑热难当。梅雨没下，盛夏般的烈日每天直射丹波一带的山野。到了五月下旬，看样子要变天，天空阴沉沉的，没有一丝风，连日都是令人窒息的闷热天气。将士们各自在心中盘算，队伍刚刚出发，不知还要走多久才能到达备中战线。

主将光秀在队伍前面，虽骑着马，却也大汗淋漓。手碰到马脖子，那里也是涂了油一般的汗湿。可光秀并不觉得热，这

① 日本地名，包括山口、广岛、鸟取、岛根、冈山五县，因地处日本中部得名。
② 日本长度单位，1町约为109米。

两三日缺少睡眠，疲劳使他身上发冷，一出汗便是一阵寒战。

光秀命令继续行军，犹豫着该从三木原走还是从老坂走。走三木原的话通往中国地区，走老坂则通向京都，这些在通过条野村前必须决定下来。战马一步步向前，光秀感到决定迫在眉睫，必须选择前路。

半月之前的五月十七日，安土城的织田信长命令他进军中国地区。光秀立即从龟山返回近江的坂本，在那里过了六日，二十三日回到龟山，命令全军准备出发。二十八日，光秀拜谒爱宕山，当晚闭关，次日二十九日在爱宕山西坊和连歌师里村绍巴等人吟百句诗，光秀作句："时光流转，天下尽在五月间。"光秀萌生弑杀主君信长的叛逆之心[①]便始于彼时。

光秀从在座者口中听说信长及其子信忠这两日要进京都。真是时逢当下，信长大概不会直接带兵进京都，而自己正要进军中国地区，可以不避人耳目地动用一万军队。只要了断信长性命，他半生的功业就会全盘落入自己掌中，这样的绝好机会一旦错过便不会再来。光秀作了"时光流转"的诗句，之后却一直犹豫不决。他握紧了自己昼夜都会出汗的双手。信长会在二十九日进驻京都的本能寺，他清楚这点，却还没弄清取得信长首级之后该如何行动。军队任何时候都可以开拔，而光秀心里还没有决定该走的路，即便想发动部队也不

① 日语中"时"与"土岐（明智）氏"谐音，其心可见。

知道去往何处。

这天夜里九点，京都来使，让一切有了决定。光秀从使者口中得知，本能寺内的信长此时全无防备，信忠在室町药师町的妙觉寺也是人手寥寥。光秀就此下了决心，立即下令全军出动。

然而，从出城门之刻起，光秀的决心又开始动摇。他虽可以杀掉信长和信忠，但依然不知之后该如何是好。对于弑杀主君信长，他没感到丝毫犹豫。要在这个战乱纷纷的时代活下去，主君也罢，亲人也罢，必要时将其杀死是不得已而为之。现在这个信长也是杀人无数才得到眼下的地位，多少有点名气的部将皆是如此。光秀认为，自己现在走到杀信长这一步也是必然。杀信长可以得天下，否则，他看不到愚笨的自己将来有什么希望。看看四周，信长的部将中势力在自己之上的能数出好几人，德川家康、柴田胜家、泷川一益，还有羽田长秀。就连长期居于自己之下的羽柴秀吉，眼下也正得宠于信长，想方设法超过自己。事实上，秀吉已是中国地区战线的总指挥，去年入因幡攻下鸟取城，今年入备中，目前正攻打毛利辉元的高松城。这次奉命出兵中国地区，就是为了增援秀吉，作信长军的支援。和秀吉相比，自己简直微不足道。要想得天下，就在当下，机不可失时不再来。

今晚杀了信长和信忠，然后立即歼灭信长在京都的残余势力，向毛利、上杉、北条、长曾我部等各地将领派遣使者，拉开共同战线，同时向信长的部将派使者诱降。接着挺进近江，诱降濑田城主山冈景隆，进而进军安土城。与驻守的蒲生贤秀难免一战，但攻城想必无需一日。伊势、伊贺虽说是织田信雄[①]的地盘，但反抗信长者不少，其中会有接受诱降者。

上野的泷川一益、甲斐的河尻秀雄、信浓的森长可和毛利秀赖、北陆的柴田胜家等都相距较远，可暂时不管，此间自己要稳固地盘。长冈的细川藤孝、忠兴父子与自己多年来关系亲密，忠兴娶的就是自己的女儿，此二人想必会帮上忙。认自己的四子为养子的筒井顺庆无疑也会加入阵营。

与信长麾下的武将们决一死战在所难免，在此之前，己方阵营应该比对手强大。

但是，光秀想到，一切都是建立在假设之上，这让他感到不安。他想拥有可以信赖的心腹，哪怕只有一个，但现时却不能奢望。计划是他一个人刚刚定的，没有其他人知道。

依然没有一丝风，队伍在漆黑的山野间爬上爬下。光秀觉得出龟山城约莫过了半个时辰，可事实上已经过去了一个时辰有余。

光秀跟在前面的先头徒步小分队之后，进入平坦之地。他驱马小跑，想缩小与先头部队的距离。追赶了几次，他忽觉

① 织田信长的二儿子。

八上城内，时值天正七年，恰好是三年前。

八上城像个倒扣过来的研钵，东西南三面斜坡，易守难攻。光秀只得把城围得像铁桶，切断粮道，等着不攻自陷。

五月中旬，光秀派使者进城议和，把自己的母亲送进城内做人质，并许诺如果打开城门，他会保全城内三千守兵的性命，保留主将秀治等人的领地。

两日后，城内对议和之事有了回应。又过了两日，主将秀治及其弟秀尚带领随从八十余人，由全副武装的一千武士护送至半途，下了山。

光秀摆开酒宴，款待英勇无比的宿敌。酒宴过半，当光秀劝说秀治等人去安土城拜谒信长时，局势突变，宴席顷刻间变成修罗场。经过一番恶战，光秀最终俘虏了秀治、秀尚等十三人，秀治的八十余随从当场被斩首。

光秀抓获了秀治等人，却并不想反悔当初的议和条件，打算如约保留秀治、秀尚等人的领地。然而，打斗过程中受伤的秀治在被护送去安土城的途中，伤势恶化终致丧命。被送至安土城的秀尚等十二人在信长的命令下，全部被斩首于慈恩寺。

这一变故导致的后果是：在八上城做人质的光秀之母等十余人被暴怒的士兵处以极刑。

对光秀来说，这并非他所愿，在安土城亲眼目睹十二人受刑更是令其厌恶。秀尚等人被斩首之前无一不是满面仇恨，发誓复仇。秀治的首级也和这十二人的首级摆在一起。说来奇怪，那首级在地上打着转，当滚到同伴的首级中时一下就定住了，双眼圆睁。

光秀几次闭上眼睛又睁开。他拨开竹叶站起来，重新上马。波多野武士的队伍从他的眼前消失了。

夜色比先前更深了，光秀又开始苦苦思索。已经迫在眉睫，必须从两条路中选择一条。

不久，光秀问旁边的人："这是哪里？"

"马上要到老坂了。"

"什么？"光秀不敢相信自己的耳朵。不知不觉，怎么就到了老坂呢？

光秀令部队稍事休息，把几个武士召集到身边，准备向他们公布自己刚刚做下的决定。他认为，既然已到老坂，已经没有了退路，好也罢坏也罢，选择已经清楚地摆在眼前。

左马助光春、次右卫门、藤田传五、斋藤利三等集合过来。休息很快就结束了。

队伍终于又开始前进，这次是毫不停歇地往前迈进。翻过老坂，前方的水田泛着白光。过了沓挂村，光秀让全军进食，然后继续行军。渡过桂川，光秀终于向全军下令，进入本能寺攻击敌人信长。

黎明前进入京都，围住本能寺时，正值夏日拂晓的晨光照亮四周。

那月十三日，光秀与听闻本能寺兵变、急速从备中撤回的秀吉大军战于山崎。接着，取信长、信忠首级，事态发展都如光秀所料，之后却事事不如愿。细川藤孝、忠兴父子并未响应光秀号召，筒井顺庆也持观望态度，没有投靠光秀。

胜败取决于十三日这天。当日下起久违的雨，傍晚时分，光秀主力被秀吉军队包围，投靠光秀的武将一个个战死，光秀大败。光秀逃到平原地带的胜龙寺城已是夜晚，很快这座城池也要被敌军包围了。他企图回近江坂本城东山再起，带近臣数人趁夜色出了胜龙寺城。沟尾胜兵卫、进士贞连、村越三十郎、堀毛与次郎、山本山人、三宅孙十郎等人与其同行。

雨点拍打在新战场上，军队败走发出的声响、敌军追杀而来的呐喊声、洋枪声在漆黑的旷野四处响起，令人不寒而栗。乱军中，光秀一行在城北驱马东行，出了伏见，从大龟谷进入山地，取道前往小栗栖。

光秀无法判断眼下的情形，他早已身心俱疲。从弑杀信长那天起才过了十三日，但其间的不眠不休和处心积虑使光秀看上去判若两人。他默然地在马背上摇晃着前行。

出胜龙寺城约莫一个时辰，突然，一个随从让光秀停马，说：“您听，那脚步声是敌人的还是我们的？”

光秀竖起耳朵，大雨声中确实听见近旁有步兵的脚步声。

“前面？”

“好像是。”随从话音刚落，又说，“又像是后面。”

他这么一说，脚步声听起来确实又像来自后方。不光是脚步声，还有嘈杂的人声。

光秀等人藏进路边竹林，想让可能从后面而来的队伍过去。可是，听得见脚步声和说话声，却不见有人过来。等了许久，那声音伴随着雨点拍打地面发出的声响，听起来毫无变化。

“奇怪啊。”堀毛与次郎说。这确实奇怪。

“大概是幻听吧。出去看看。”

光秀等人再次前行，脚下的小路不知何时成了上坡。人声和脚步声似乎依然跟着他们。途中，光秀大吃一惊，在黑暗中睁大了眼睛。他发现前方行走着二三十个武士，和他上次在黑暗中看见的队伍一样，背上插着波多野一族的蜈蚣旗。

光秀定睛望着前方的暗夜，问道：“你们看得见前面那些人吗？”

“您说什么？”

“那边，远处黑暗的地方，看得见吗？”

旁边的随从盯着前方，可看样子什么也没看见。

光秀发觉到这一点，回头对队伍说：“在这里休息片刻。”

“没工夫休息了，追兵马上会赶上来。”沟尾胜兵卫口气不悦地说。

“不，休息，不休息的话可能会迷路，到不了坂本。”

光秀立即下马，心想，哪怕只歇歇也好，总之需要休息。把自己引向老坂的影子武士再次缠上了自己，这次，不光是自己，所有在场的人都能听见影子的声音。必须让说话声、脚步声从大家耳朵里消失，必须把波多野武士的幻影从自己眼前抹去。

光秀站立着。大雨依然下个不停，想坐也没法坐。就这么站着，睡魔也以不可阻挡之势袭来。

光秀再次上马，盯着前方。在他眼中，波多野武士的身影呈现在一种异样的光亮中。他发现那是篝火。篝火照出武士们的各种身姿，或站或坐，看起来都全身赤红。

光秀驱马前进，波多野武士也前进，背上的旗子在火焰中摇曳。

“果然是波多野。”

“您说什么？”

“看那个，前面那些人的旗子。”

“您说什么？我什么也没看见。”

“听得见脚步声吗？”

“脚步声确实能听见。”

“是他们走路的声音。”

光秀琢磨着自己的话，意识到自己真的需要休息，但现在却无法停下。他在马背上闭上眼睛，几次睁开又闭上，却怎么也不能把波多野武士的幻影赶走。

“啊！”

一定是疲倦过度产生的幻觉，实在令人恐惧，但光秀不愿把他们想成怨灵。他不相信上次那种情形会再次发生。是因为自己太累了，大家都太累了，黑暗中才会出现异变。

“啊！”

随着第二声叫喊，光秀试着朝波多野武士们冲去。一瞬间，他突然感觉腹部着火似的剧痛。他知道是自己的身体被旁边什么武器刺中了。他用右手抓住，拔出，然后用尽全力把它拉到身边。他抓住的是一支竹枪，还看见了握住竹枪另一端的那个人的脸。

波多野秀治!

光秀心中一声惊呼。那紧闭着嘴、半睁着眼盯着空中的，正是曾经滚落在慈恩寺院中的秀治的首级。

光秀放开拽着竹枪的手，紧接着的一瞬间，又一阵剧痛传遍全身。他即将失去意识的头脑知道：竹枪这次从侧腹穿透了后背。

被刺穿的光秀看清了对方。

“幽鬼！”

然而，秀治的可怕脸孔已经不见，眼前只有一个狰狞的无名武士，粗野的脸上一双卑鄙的小眼睛闪着光。

光秀听见了什么人的喊叫声。他意识到自己的身体已经被竹枪刺穿，离开马背，踉跄着左右摇晃。他睁开弥留的双眼，波多野武士、旗子还有照亮它们的篝火都消失了，只有无边的黑夜，雨点拍打着地面。

幻影消失，光秀松了一口气。他想，自己真是累坏了。为了永久的休息，他决不相信有幽鬼。

光秀往前倒了下去。

补陀落渡海记

熊野的滨宫海岸有一座补陀落寺，寺院的住持名叫金光坊。在迫不得已将要渡海的那一年，也就是永禄八年（公元1565年）的春天即将来临之际，他终于开始认真思考渡海高僧们的事迹。在此之前，他并非没有揣测过那些前辈渡海前的心情，但此刻他的想法与之前完全不同。

话说回来，金光坊对自己是否要渡海的问题，从没有联系自身这样真切地仔细考虑过。补陀落寺的前任住持清信上人是在其六十一岁，即永禄三年渡海的；再前一任住持日誉上人也是在六十一岁，即天文十四年（公元1545年）十一月渡海的。而他之前的正庆上人渡海是在天文十年十一月，恰好也是六十一岁。如此将补陀落寺历任住持的渡海时间都列出来，就发现连续三任都是在六十一岁的十一月，从滨宫海岸朝着补陀落的净土启航。但即便如此，并没有明文规定补陀落寺的住持都必须在六十一岁的十一月渡海。

补陀落寺是补陀落信仰名副其实的重要道场，很早就被认为与观音净土、南方的纯净世界补陀落山紧密相关。因此，人们在这座寺院供奉在补陀落山诞生的观音菩萨，而那些希望往生后能去往那片净土的人会选择在熊野南端海岸，趁还没断气的时候乘小舟漂向大海。滨宫是启航地点，而补陀落寺不知从何时起就一直承担渡海仪式的主持工作，但起初并没有规定补陀落寺住持也必须亲自渡海。只是由于补陀落寺和补陀落信仰渊源深厚，自补陀落寺兴建以来，许多渡海者都选择在补陀落寺暂住一阵再从寺院启航渡海，住持中便也出现了不少渡海者。有关寺院历史的记载中，渡海高僧约有十位。渡海者年龄上下不等，既有十八岁的年轻上人，也有八十岁高龄的高僧。

最近几年，连续三任住持都凑巧在六十一岁的时候渡海，于是不知不觉中，世人开始流传一种说法：补陀落寺住持到了六十一岁，便要在那一年十一月渡海。这种说法从寺院历史来看也并无什么不妥，于是便理所当然般成立了。六十一岁的金光坊也没能逃过世人的舆论，陷入了窘境。

至今为止，金光坊并没有特别在意世人的这种看法，或者说即便注意到了也没有想到这会起到决定性作用。这都怪他年幼便出了家，落得如此不谙世事，如此糊涂。

他认为自己既然当上了补陀落寺的住持，那么总有一天也能达到渡海的那种心境，到那时，再作为渡海上人出海也无可厚非。而且他对渡海也并非毫无期待，心里既有身为一名出家人的自傲，也有对渡海后侍奉佛祖的一种憧憬。他的师父——三代前任住持正庆上人渡海时那伟大的身影至今还历历在目，那是他长久以来渴望达到的目标。但他认为，正庆上人的确是在六十一岁时到达了那样一种崇高信仰的境界，而禀性愚钝的自己还需要更长时间的修行。达到渡海的境界，这对于一生都在补陀落寺度过的僧侣金光坊来说是此生的宏愿。

形势严峻的永禄八年还是毫无预期地到来了。从年初开始，人们就陆陆续续来到寺里询问他渡海的具体日期是十一月几日，或是说“终于到了渡海之年，希望能多少尽些力，有什么要帮忙的请尽管吩咐”之类的话。也有人说什么“之前的确有些难以启齿，但现在渡海的一年已经到了，再继续沉默故意回避，反而是对高僧您的不敬”。从人们的表情和话语中，金光坊感觉不到丝毫恶意。

没有人会出于恶意说那些话。金光坊年幼时便来到此地，虽然一直都是个不起眼的角色，但他身上有种朴素的人格魅力，且还算是个严谨的人，这些优点为他中年之后在世人间赢得了出人意料的威望。这些年来，金光坊见世人看他的目光无不充满崇敬与关爱。不论是本地百姓还是寺院的人，不论是熊野三社有关人士还是那智泷信徒，都是如此，所有人都十分尊敬金光坊。

从正月到开春，金光坊曾想向大众做个声明，表明自己对大家的渡海想法感到为难，近期会就此做出订正，至于渡海时间，则不得不加以推迟，等到将来修行达到渡海境界时再行此举。否则好不容易准备了出海船只，却有可能无法到达补陀落山，希望人们能够对此谅解。然而，到了春天，金光坊就对这个想法不抱希望了。倘若只有一两人认为他要渡海，还有可能说服他们，但深信他要渡海的人可不止一二十人或一两百人，简直可以说是所有人。

只要金光坊一走上街，人们就会因为他是渡海上人，向他脚边投去香火钱，连小孩都追着他投钱币，以至于他身后总是尾随着几个捡钱的乞丐。还有人拿着逝者的灵牌想让金光坊一起带到观音净土。更有甚者，人还在世，竟也特意做好自己的灵牌送到金光坊那里。

如此一来，无论金光坊愿意与否，似乎都非渡海不可了。如果他不小心透露了自己眼下不想渡海，那将是若干年后的计划，是不会得到世人原谅的。他想象不出那会引发什么后果、招来什么危险。

其实对金光坊来说，即使自己从这个世间销声匿迹也无所谓，但他无法忍受给观音信仰蒙上污点。若是因为自身某个不加注意的行为给观音信仰带来瑕疵，那作为一名出家人真是无颜面对佛祖，即使一死都无法抵罪。

三月春分，金光坊正式发布了将在今年十一月渡海的消息。那天，他遵照熊野总神社自古以来的规矩举行了仪式。至今为止，金光坊已经作为侍僧参加了七次这种仪式，所以比谁都清楚仪式的流程。开始之前，他将仪式的顺序、供花以及所用乐器等注意事项告诉了相关人员。他一一说出自己默记的名目，名叫清源的十七岁弟子在一旁记录。

看着清源，金光坊多少有些感慨。他二十七岁的时候，也像现在的清源一样，坐在将要渡海的祐信上人面前，记录仪式流程。而清源只要还待在这座寺院，几十年之后也难免会遭遇渡海的命运。他不禁产生一种惺惺相惜的感情，默默望着这个年轻僧侣光亮发青的头顶。

补陀落渡海的历史具体是从什么时候开始的，现在已无从知晓。金光坊翻阅了寺院的古老记录，发现贞观十一年（公元869年）十一月三日从熊野海岸渡海的庆龙上人是第一人。贞观年间距离金光坊生活的永禄时代已有七百多年历史。之后相隔了五十年，延喜十九年（公元919年）二月祐真上人渡海。有补充记载此人是奥州人，大概是为了渡海才从奥州过来，渡海前在补陀落寺大约住了几年或几个月。第三位是天承元年(公元1131年）十一月渡海的高严上人，和祐真上人相隔了两百多年。之后又过了三百多年,嘉吉三年（公元1443年）十一月，第四位渡海者祐尊上人。此后又过了大约五十年,明应七年(公元1498年)十一月盛祐上人渡海,那时距金光坊出生还有七年。金方坊记得自己刚进补陀落寺就听说这位高僧德高望重。其后便是金光坊很熟悉的、总是穿着木屐、人称木屐上人、言行怪异的祐信上人。两位上人渡海相隔三十三年。

如今补陀落寺已被公认为补陀落渡海的专门寺院。人们以为，一直以来那些有觉悟的高僧都会到这座寺院来举行渡海仪式，然后渡海而去。但就金光坊所知，事实绝非如此。从寺院记录来看，除庆龙、祐真、高严、祐尊四位上人以外，非本寺住持而从本寺渡海的人中，值得信赖的只有两三个。有个名叫下河边行秀的武夫在贞永二年（公元 1233 年）渡海，俗家弟子仪同三司房冬在文明七年（公元 1475 年）渡海，他们各自的渡海事迹在其他寺院历史中也有记载，因此姑且可以作为事实看待，而其余记录都不足为信。

因此，所谓的补陀落渡海，历经七百年也不过十人而已。但仔细考虑一下又觉得那才是理所当然的，怎么可能让普通人像来寺院朝拜一般轻易渡海呢？渡海者无疑是从成千上万修行者中挑选出来的特殊人选。此人必须具备足以渡海的修为，并坚定树立起特殊的在海上放弃生命的信念，能做到的修行者几十年甚至几百年都不见得能出现一位。

但不知为何，近年来渡海者的人数突然开始增加。在金光坊六十年的人生中，从木屐上人到五年前渡海的清信上人，一共出现了七位渡海者，并且其中有两人还是年仅二十一岁和十八岁的年轻人。对于为了信仰而希望渡海的人，寺院当然无权阻止，甚至这个世上都没有人有这种权力。况且无数典籍中都写着，信仰的终极境界就是放弃现世的生命，在观音净土获得重生。

在永禄八年的渡海开始之前，金光坊从没有对渡海产生过一丝怀疑。钻进被牢牢钉在船底、一扇门也没有的四方形大箱子里，只准备几天的粮食和一点点灯油，从熊野海岸漂向大海，无疑就是承诺在海上受死。但往生者在断气那一刻起，就如险滩上随波逐流的竹叶舟一般，和小船一起漂向南方遥远的补陀落山。靠岸之处便是观音净土，死者会在那里获得新生，永远侍奉观音。

从熊野海岸出航既是放弃现世生命，同时也被承诺能获得宗教上的永生。因此，金光坊以前在渡海者脸上看到的只有皈依佛祖之人独有的那种从内心散发出的安详与沉静，在他们脸上看不出一丝一毫对死亡的恐惧或悲伤，反倒能窥探出些许将获新生的喜悦之情。渡海者都是一副平静开朗的样子，而目送他们的人群除了好奇之外，只有敬仰，没有留恋。

而金光坊却因向世人发布了渡海声明，转变了过去的看法。无论清醒还是昏睡，他眼前总是浮现出那些渡海者些许异样的神情。

从春到夏，金光坊都没有走出自己的房间。一旦外出就总免不了被扔香火钱，被人像活佛一般朝拜或受托往净土捎东西，被拉去摸将死之人的额头，这些事让他厌烦。而更重要的是，面对三四个月后就即将到来的渡海，即使硬着头皮上阵，也得做好该做的准备。突然被推到渡海的关口，他不得不承认心里完全没有做好准备。金光坊不分昼夜，专心致志地诵读佛经。侍僧每次窥探他的房间，都只能看见他骨瘦如柴的背影，听见他诵经的声音。

偶尔不诵经的时候，他就只是痴痴地盯着室内某一点，即使侍僧叫他也很难让他转移视线。侍僧总是用同一句话向其他人传达金光坊的状态："听说渡海上人进入大海之后就会变得跟梭子鱼一样，据观察，这段日子上人简直就已经跟梭子鱼一个样啦。"

实际上，的确有传说说渡海上人的灵魂会化为梭子鱼。梭子鱼栖息在美纪岬和潮岬间的海域，当地人如果捕获这种鱼会立刻放生，绝不食用。

金光坊天生瘦削高挑，从外表看确实很像细细长长的梭子鱼，但侍僧的话并非指他的体态而是眼神。金光坊的双眼小而冷峻，还出了神一般地失焦，确实像极了梭子鱼的眼睛。

金光坊有时闭目诵经，有时睁着那双梭子鱼般的眼睛不知看向哪里，那时他总是在思考那些渡海前辈。

一天之中有几次，但也只是很短的一段时间，金光坊的眼神会从梭子鱼变回人类，那时他意识到自己又想着某位渡海上人想出了神，然后慌忙告诫自己："啊，这可不行，有这闲工夫不如诵经。只要专心诵经就是。"只有那时金光坊会暂时恢复本来的眼神，但不久又会像中了邪一般开始诵经。

不知什么时候起，一诵完经，金光坊的眼神又会变成梭子鱼。那是渡海上人中的某一位抓住了他的心。所以近来，每天金光坊都靠诵经来避免让自己变成梭子鱼。也就是说，他执拗地想要去除那些硬是出现在他眼前的渡海上人的脸庞，就算花费再多精力也在所不惜。

金光坊最初接触到补陀落渡海是在享禄四年(公元1531年)祐信上人渡海时，那时祐信四十三岁。金光坊只有二十七岁，从老家的田边寺院来到补陀落寺刚刚半年。祐信总是穿着木屐，举止奇特，在寺里被当成怪人。突然有一天，他像被什么东西附身了一般宣布要进行补陀落渡海，并在三个月后实行了计划。祐信上人的这次渡海行为与上一位渡海者盛祐上人足足相隔了三十三年，足以吸引人们的注意。渡海那天不仅邻近乡村，连远在伊势、津周边的人们都纷纷赶来观看，滨宫海岸附近人头攒动。

祐信也是田边寺院出身，既是同乡，金光坊便觉得亲切，因而虽相处不久，但与祐信交谈的机会比其他人更多。祐信常对金光坊说自己能看见补陀落净土，问他是在哪里看见的，他就说:“天气好的时候会从大海尽头升起来。只要是内心空灵、皈依佛祖的人都可以看见。你也一样，只要彻底地为信仰而修行，一定能和我一样看见补陀落。”金光坊问补陀落是什么样的地方，看到的又是什么模样，祐信说:“那是片被巨浪包围、由岩石筑成的台地，但那台地无边无尽，无上静谧和美丽。那里生长着永不枯萎的植物，到处流淌着无穷无尽的泉水，栖息着一群群红色长尾的神鸟，长生不老的人们愉快地在佛祖身旁嬉戏玩耍。”

渡海那天，祐信利索地结束渡海仪式之后，从滨宫海岸耸立的牌坊那里登船，丝毫不在意岸边拥挤的人群。他对上船之前一直侍奉身旁的金光坊说：“今天补陀落山看得格外清楚呢，你什么时候也能过来就好了。”然后，他轻轻地笑出声。看到那笑容，金光坊不由得心头一颤，祐信的双眼像是发出青光般锐利而明亮。

同行的几艘船一直护送祐信上人的船到达纲切岛，之后，祐信的船和其他船分开，独自驶向大海。

据那些到纲切岛送行回来的人说，载着祐信的小船离开船队后就摇晃着径直向南，奔向那汹涌澎湃的黑色波涛深处，仿佛被一条绳子牵引着飞快前行。也许是佛祖把他引向那不断出现在其眼前的补陀落净土了吧。

祐信渡海之后，有人称他为祐信上人，也有人称他为木屐上人。渡海之前那些把他当成怪人看待的僧人，在他渡海之后再也没有说过他的是非。他脚踩木屐的奇异行为被赋予了各种深刻含义而流传下来，无论哪种含义都包含着人们对他的敬仰。

祐信对金光坊说出那句“你什么时候也能过来就好了”之后的第三十四年，金光坊真的要前往他去的补陀落净土了。现在一想到祐信，金光坊眼前就会浮现出他渡海时那双中了邪似的发着青光的眼睛。金光坊相信祐信的确在大海尽头看到了补陀落净土，但他看见净土的眼睛难道不是有异于常人吗？他的渡海行为里并没有关于死亡的设想，他肯定从没有考虑过死亡这件事，不但没有考虑过死亡，也没有考虑过生还。他那双发着青光的眼睛完全是真切地看见了补陀落净土，从而吸引着他朝那里前进。

那之后过了十年，正庆上人渡海。正庆上人表示渡海决心时，世人并没有感到任何异样。即使没有渡海的想法，选择一生都在寺院里度过，正庆上人也充分受到了世人的尊敬。然而人们认为渡海正符合了正庆上人的作风，那更显示了他的伟大。正庆上人身材极其瘦小，像是让人一把就能抓住，脸上的皱纹使他看上去比实际年龄要老上十多岁，眼神里充满了慈爱。

金光坊在正庆上人决定渡海的时候，因过度哀伤而一度封闭了内心，从此以后就要彻底和上人分别让他很悲痛。一想到再也不能听到上人那温和体贴的话语，不能接受他语重心长的训导，金光坊就感到悲痛不已。他想，就算是和骨肉至亲分别也不过如此吧。

渡海那年的夏天，金光坊在正庆上人房内，闲话之余，上人说到死在广阔的蓝色大海里也是件幸事。金光坊问："您会死吗？"直到那时，他还没有意识到补陀落渡海意味着在海上死去。"当然，死亡是毫无疑问的，但是去往补陀落净土，得到永恒的生命才是最终目的。正因如此才要死。死亡之后沉入和海面同样宽广的海底世界，与各种鱼儿为友。”上人说完后无忧无虑地笑了。

不仅是那个时候，正庆上人登上渡海小船时，甚至从纲切岛独自驶向深海的时候始终面带微笑，和平日没什么两样。大多数渡海者都会钻进四方形的箱子里，然后让人把箱子钉在船底，只有正庆上人没有这么做。虽说准备好了箱子，但他从箱子里出来端端正正地坐在船头，举手和送行的人们告别。上人没有哭泣，但送行的男女老少都哭了。

正庆上人并不认为他的尸体会漂向补陀落净土，而是认为会沉入海底。既然如此，为什么还要决意补陀落渡海呢？

对于这一点，金光坊现在只有一个想法：正庆上人必定认为那么做是忠于观音信仰最崇高的责任。从天文初年到上人渡海的天文十年之间，熊野地区天灾人祸不断。七年正月的大地震、同年八月的山崩，那时候主殿的椽木柱一根根裂开，几乎是建寺以来最不可思议的事。天文九年八月，暴风雨来袭，载有七人的河船被洪水冲走，海边死者众多。接着，正庆上人渡海的那一年八月又发生了大洪水。雪上加霜的是京城方面战乱不断，受其影响，地方上也不断出现杀戮。夜盗横行，砍杀不止，信仰早就被世人踩在了脚下。正庆上人对此十分痛心，为了让人们重拾信仰，他决心施行补陀落渡海。

然而如今金光坊在意的是，即便是那样伟大的正庆上人，对于补陀落渡海，除了在海上死去这一点确信无疑之外，不是也并没有完全相信其他可能吗？上人能够如此，但对于金光坊来说，就有些无法接受了。如果能够达到上人那般崇高信仰的境界，能否到达补陀落净土倒也无所谓，但对于金光坊而言，如果渡海之后尸体仅仅是沉入大海，他会死不瞑目。

正庆上人渡海之后的第四年，日誉上人渡海了。这位上人是继承正庆上人的衣钵而来到补陀落寺的，但和正庆上人不同，他体弱多病、颇为挑剔。侍候他的四年里金光坊几乎没有一刻喘息的机会，寺院里的人也对他敬而远之。因此当日誉上人宣布渡海时，先不论对此事是否感到意外，在心里松了一口气的人肯定不止金光坊一个。日誉上人是一个对生命十分在意的人，平日里患个感冒都要大惊小怪。而从渡海那年正月开始，他哮喘的老毛病发作。请医生来看也不见起色，他自己也感觉命不久矣。于是他突然决定补陀落渡海，大概是想反正要在六十一岁病死还不如干脆渡海去。

不可否认，这位日誉上人强烈地想要通过补陀落渡海让现世的自身到达补陀落净土。渡海前一年的秋天，日誉上人好像读了一些有关渡海的故事，比如康治元年（公元 1142 年）一月某地僧人从土佐渡海后以现世之身到达补陀落净土，在那里见习一番之后又返回，还有某地某人于文明年间渡海，在补陀落净土朝拜之后又平安无恙地返回。之后，不分是谁，日誉上人见人就会聊起这些事来。

这些无法辨明是传说还是杜撰的故事无疑对日誉上人渡

海起了非常关键的推动作用。不管怎么说,他在决定渡海之后,直到渡海那天的表现还是让人肃然起敬的。得到渡海上人的称号之后，他好像猛然间改变了性格，从夏至秋都平静得判若两人。在不知情的人看来，上人内心恐怕已经没有了生与死的分别。

日誉上人在渡海的前一天去海边看了将要乘坐的船，那天金光坊随同去了。只有在那时他脸上露出了一丝不悦，问道："正庆上人那时候的船也这么小吗？" 金光坊回答："之前渡海上人的船比这更小。"

渡海那天，日誉上人登船时不小心踩空踏板，一只脚落到了海水里。谁都能看出他脸色骤变，说不出有多么不快。金光坊从没见他有过如此绝望的神情。日誉上人一只脚立在船沿，另一只沾湿了的脚搁在踏板上，保持这个姿势站了许久，最后终于像死了心一般钻进船里。五名同行者说从那时起直到纲切岛，日誉上人都没有开口和谁说过一句话。

二十年后的今天，金光坊还能够清晰地想起日誉上人那时的神情。而令人不快的是，他觉得自己现在的心情似乎和露出那副神情的日誉上人一模一样。

梵鸡上人和祐信上人一样，偶尔会说自己能看到补陀落净土之类的话。渡海时他四十二岁，壮硕彪悍，裸着身子的时候就像是干体力活的工人，平日举止粗暴。金光坊对这名比自己年轻十岁的僧人总看不太顺眼，但梵鸡上人发表渡海宣言的那一刻，他却有种莫名的心痛。渡海上人大多都体格纤弱，而梵鸡上人过于健硕，和渡海船只显得格格不入，与补陀落净土也似乎无缘。

然而，梵鸡上人十分肯定自己能够以现世之身到达补陀落净土。他总是唠叨，说自己虽然怕死，但既然受到补陀落山的召唤，必定能平安无事地到达那里，能够看到补陀落山也是因为受到净土的召唤。

众人并没有给他满意的回答，只有继日誉上人接任住持的清信上人总是温柔慈祥地对他说："应该是那样的吧。"

这位清信上人也在五年前，六十一岁时渡了海。金光坊对清信上人的渡海有与其他任何人都不同的看法。清信上人本是位无依无靠的孤独之人，成为住持之后又接连不断有人背叛他，做出一些伤害他的事。即便没有这些，他那和外表一样柔弱、似乎一点小小的风波就能刺痛的心灵也早已陷入了孤僻自闭的境地。他厌世、厌人，失去了继续活下去的动力。

金光坊和清信上人年龄相仿，比较合得来，但清信上人晚年的厌世心理已经到了无可救药的地步。他是从心底里想要求死。幼年就遁入佛门，一生为僧，到了晚年却并不太相信佛祖。

当然，只要作为渡海上人，集众生的敬仰于一身，万事都可以顺利完成，谁也不可能窥探出他心里的这种想法，只有金光坊能够理解他真实的心情。

渡海的日子逼近，清信上人提出不用船，而要自己敲着钲从海边走向大海，一步步走进大海深处。这个建议遭到了弟子们的反对，最终没能实行。和正庆上人一样，清信上人渡海时也表现得很超然。他说若是真能到达补陀落净土，那么希望能够尽早到达。因此他不让人准备干粮、灯芯和灯油，只准备了桅杆和写着南无阿弥陀佛的帆。弟子当天就照他的意思办了。

清信上人登船后，他的表情看起来并不像一名僧人。虽然手里拿着念珠，他却并没有像其他渡海上人那样转动念珠或默诵佛经。

船离开纲切岛时，上人像是终于可以从众多送行者中解脱出来一般，最后说了这么一句话：“哎呀，人，无论生死都要受别人照顾呀。”随后他的表情舒缓下来，像是终于可以独处了。

过去的渡海者中还有二十一岁的光林坊和十八岁的善光坊。前者在金光坊三十五岁时渡海，后者在金光坊三十八岁时渡海。二人都是在瘦得皮包骨头、离死亡只差一步时，由双亲陪伴前来寺里请求渡海的。光林坊的双亲对补陀落渡海很积极，认为万一儿子能够以现世之身到达补陀落山就能一直长生不老，这对于命不久矣的儿子简直是莫大的幸福。光林坊本人对渡海本身究竟意味着什么似乎并不太了解，但他明白自己既然已经无药可救，就只能听从父母的指示。

善光坊的情况和光林坊正相反，他本人希望渡海，双亲则认为如果怎样都是一死，不如在世间多留一刻。善光坊本人希望自己能在海上成佛，让海潮把自己的遗体送往补陀落净土。

最终，双亲被他说服，含着泪无奈地陪他来到寺里。

为这两位年轻渡海上人而来的同行者很多，也有好多人去海边送行。

金光坊当时就曾为年仅十八岁渡海的瘦弱少年热泪盈眶，现在再回忆起少年的身姿，还是会从心底涌起一股悲痛之情。

从夏到秋，日子过得飞快。金光坊每日都向身边的人询问日期，每每听到回答都不禁想日子怎么过得这么快。他还是靠诵经度日。立秋之后，时间飞逝得让人难以置信，感觉白昼和黑夜几乎是一同降临了。

说实话，金光坊认为自己还是没有做好补陀落渡海的心理准备。在诵经间隙，他眼前还是会浮现出前辈渡海者们的脸庞。现在这些脸庞仍令他感到熟悉与亲切，但却只像是些与补陀落渡海毫无关联的普通人的脸。这段时间，他连自己的渡海都没有想过，过去曾经在那些脸庞上看到的崇高神情也彻底消失了。

现在想想，总爱念叨能够看见补陀落山的木屐上人和梵鸡上人确是不同寻常。至于清信上人渡海只能解释为一种厌世行为，怎么想都与信仰、观音、补陀落净土没有关系。清信上人眼中从没见过那些，他看到的只是熊野海域那墨蓝色的汹涌波涛。这一点，对于伟大的渡海者正庆上人来说也是如此。正庆上人只能确定自己会死，只能预见自己的尸体会随着海潮沉入海底，至于是否会漂到补陀落山并在观音净土重生，他丝毫不曾考虑过，若非如此，凡人不可能会有那样沉着的眼神。

然而要说执着，那非日誉上人莫属。日誉上人无论在登船还是钻进船篷时，甚至几天、几十天之后，船身仅剩一块木板，他肯定还在执着于永生，期待着自己也许还能获得救赎、观音援助的双手还会伸向自己。他那颗等待奇迹的心始终没有丧失。但是，他与真正意义上的信仰、观音和补陀落净土都是无缘的。他表面上看似虔诚，实际上却从没有真正信仰过观音和补陀落净土。

二十一岁的光林坊和十八岁的善光坊安安静静、一言不发地渡了海，令人动容，但他们也与信仰无关。骨瘦如柴的少年比任何成年人都果断地给自己的生命画上了句号。

金光坊一发觉自己又开始因为那些脸庞出神，便赶紧逼迫自己把它们从眼前撵走。那些面庞都太悲惨，他不想让自己的面庞也变成那样。但如此下去，他很可能也会拥有那样一张脸。无论是祐信、梵鸡、正庆、日誉、清信上人的脸，还是光林和善光的脸，似乎只要自己心里有丝毫放松，就会立刻变得和他们一样。

金光坊希望自己渡海时的表情和之前任何一位渡海上人都不同。到底是什么样的一种表情呢？诚然，他自己也没找出答案。但是，肯定存在那么一种表情，一个信心十足的修行者、一个补陀落渡海者应有的表情。既然无论如何都要渡海，他希望能够带着这样的表情去渡海。

十月将至，离渡海的日子只剩一个月了，金光坊对眼前浮现的那些渡海上人的面庞又有了新看法。这是一次巨大的转变。只要有可能，他愿意拥有其中任何一张面庞。直到秋初，他还认为自己很容易就能拥有其中一张面庞，并为此感到十分不快，现在却反而愿意像那些渡海上人一样。自从想法转变，他明白了之前认为很容易就能拥有其中一张脸的想法多么天真，想要成为一位渡海上人并非易事。

金光坊想，若能看见补陀落净土该有多好。此刻连祐信和梵鸡那异于常人散发青光的眼睛都令他十分羡慕。清信上人那张表明终于可以独处的脸，还有日誉上人那张总是处于斗争状态而不悦、最后因为一只脚踩进水里而神情骤变的脸也令他向往。他开始觉得像自己这样的人，正庆上人脸上的那种沉静必是望尘莫及，最终甚至连那两个少年也比不上。为什么他们如此年少，却能拥有那般安详而达观的神情呢？

如今，金光坊不得不会见突然增加的访客。他没去想是什么人因为什么事而来，既没有时间也没有气力去想。他被侍僧带到主殿的千手观音前，每天上午都坐在那里。访客们一个跟着一个进来，一个接着一个出现在他面前。金光坊对他们一言不发，访客们反正是来告别的，金光坊没有主动搭话反而让他们更轻松，而且这种离别场面本来就该如此，他们对金光坊闭口不言的态度并没有感到任何异常。

金光坊对访客的话一概不理，有时低声诵经，有时用梭子鱼样的眼神凝视大殿里的某个阴暗角落。

进入十一月，金光坊完全丧失了时间概念。早晨一睁眼，他就把年轻和尚清源喊来，问今天是不是渡海的日子。得知还不是，他就松一口气，抬头转向庭院里白沙地上的一片杂木丛。杂木丛的大片翠绿映入眼帘，隐隐传来紧邻院旁的滨宫海岸静谧的波涛声。这些日子，金光坊开始呆呆地望着杂木丛倾听海涛，而之前很长一段时间，他都不曾注意过这些。

一天，秋高气爽，天色澄净，金光坊照例找来清源，问他渡海的日子是不是今天。年轻僧人回答说："今天申时从寺里出发。"金光坊猛地立起，又马上坐下，身体像是虚脱了一般毫无力气，全身僵硬，动弹不得。

一名侍僧报告那智泷信徒前来送行，接着又一名侍僧通报禅宗的高僧已到。这时，金光坊感受到寺内开始骚动起来。几人帮金光坊更衣，然后领他走向入寺以来他每天早上都去诵经念佛的主殿。进入主殿的那一刻，金光坊冷静地环视里面的千手观音、右侍帝释天、左侍梵天，还有神将、天部神等。他来回注视那些神像，久久不愿移开视线。

金光坊一切依照侍僧的指示行动，时而在主佛像前诵经，时而坐回自己的位置凝望众佛像。狭小的殿堂内香雾缭绕，僧侣们接连不断地涌入，长长的队伍从回廊一直延伸到庭院，阵阵诵经声包围了整座殿堂。

过了正午，金光坊走出主殿，到会客室与几位僧侣饮茶。

一百零八块写有经文的小石头被装进袋子运到了回廊。几卷佛经典籍、小佛像、衣物及随身物品等将随金光坊一同装船的东西也一件件运过来，由僧人们重新分类整理。最后，一台将把这些东西运往海边的木轿也被抬了过来，看上去异常扁平。在金光坊眼中，僧人和工人们搬东西的动作相当粗暴蛮横。他心中不快，却也没有出言指责。

离预定的时刻申时还差片刻，人们就从寺院出发了。强烈的阳光刺得金光坊双目晕眩，令人不敢相信已是晚秋时节。从寺院去往海滨的路上挤满了人，在围观人群的呼喊声中，护送金光坊的队伍穿过牌坊踏上了白色的沙滩。看热闹的人也跟随金光坊的队列而来。

和过去那位日誉上人一样，金光坊也觉得自己的船比之前任何一位上人渡海时用的船都小，而且连登船的踏板都没有，停靠在岸边的小船和同行的三艘船排在一起，仿佛一阵浪打来就会被冲翻。同行者所乘的船比金光坊的船要大得多。

金光坊很快就被送上了船。等他登船后，工人们把大木箱搬上来，照他头顶严严实实地罩下去。金光坊对这个举动也颇有怨气。本该是船上先有船篷，然后人再钻进去，可现在却反了过来。外面响起了钉木箱的声音，过了一阵，声音停止了。四角形的船篷里面一片昏暗，后来，终于有人从外边开了一扇门，从外面搬进来很多物品。等东西都搬完，侍僧请金光坊出船篷和送行的人告别。于是金光坊从船篷里出来站在船边。人群中立刻喊声喧天，香火钱如雨点般投向船只和岸边，孩子们争着跑去捡钱。金光坊见状急忙逃回船篷。随后，在等待桅杆竖起来，写有“南无阿弥陀佛”的船帆张开的时间里，金光坊只能久坐在昏暗的船篷里。一切流程都办得很没有效率，拖拖拉拉地持续了很久。

等各种各样的东西都被装上船，差不多已经过去了一个时辰，之后小船毫无预兆地起航了。金光坊感到小船底部碰触着岸边的小石块，咯吱咯吱地滑动着，最终被推进了大海中。他想看看外边，可不管推哪里，船篷的木板都纹丝不动。刚才进出的入口也被牢牢封住了，不论怎么推、怎么捅，都没有任何声响。

不久，耳边传来船头摇橹的声音，金光坊松了一口气，心想还好没完全落单。从岸边到纲切岛，要靠船夫在船头掌舵前进，之后才会让他一个人随波漂向大海。

波涛声中夹杂着钲的声音。仔细一听，伴着敲钲声还有一些人诵经的声音。但诵经声总是不断被波涛声干扰，有时猛然听上去像是节日祭典时的伴奏一般吵闹，却又转瞬即逝。

到了纲切岛，金光坊发现船篷的木板间隙有个小小的缺口，于是脸贴着木板向外窥视。只见暮色降临的灰暗海面上，巨大的海浪正无边无尽地向远处扩散。

“上人，就此告别了。”船夫的这句话突然从船篷顶外传来。金光坊没弄明白“告别”的意思，至今为止渡海都是到了纲切岛之后过一夜，然后第二天早晨和同行的人告别出发。

金光坊大声发问，声音大得连他自己都感到惊讶："船不是要在这里停一夜吗？"船夫告诉他，由于天气恶劣，同行的人面临回不去的危险，所以就决定不在这里过夜了，马上切断船索返航。

金光坊大声呵斥了几句，但大船似乎已掉头而去，没有人再回答他。

不久，船身便开始剧烈晃动。金光坊把脸紧贴在木板的缝隙处朝外看去。短短的瞬间，海面上就比刚才更黑暗了，一排排巨浪撞击着向远处涌去。

孤身一人的金光坊瘫倒在船篷里。一倒下来，这一天积累的疲惫便势不可挡地扑了上来。他被可怕的睡意控制了。

不知过了多久，金光坊睁开眼睛。他仍躺在漆黑的空间里，身下的木板正猛烈地上下晃动，波涛的巨响同时从身下和头顶传来。

金光坊起身，突然使出浑身气力用身体去撞击船篷。他有生以来从没这么对待过自己的身体。

拼命撞了五六次之后，船篷一边的木板终于咯吱一声掉落了。与此同时，猛烈的海风和波浪的飞沫涌了进来。兜满风的船篷猛地倒向一侧。接下来的瞬间，金光坊感觉身体被海浪猛地卷入了海中。

金光坊抱着一块木板在海上漂浮了一夜。天明之时，他看见纲切岛就在眼前。多亏自己幼年时代曾在纪州海边游泳，这次才能脱险。

那天正午时分，金光坊连同木板一起，在纲切岛的礁石岸边被人打捞起来。而死尸一般的金光坊被前一天同行的一名僧人发现时，已是黄昏时分。海上天气恶劣，同行的人都留在岛上过夜了。

金光坊在礁石岸边吃了饭。其间，僧人们交头接耳地商量了许久。之后过来一艘渔船，金光坊又被送了上去。这时他已恢复了一些元气，但眼看要被送上渔船时发出的求救声却微弱得不知是否有人听见。有几名僧人应该听见了，却充耳不闻。

不知过了多久，渔船始终被抛置在一边。人们默默地注视着这一切。

这时，年轻僧人清源似乎察觉到师父在念叨着除经文之外的什么话。他把耳朵凑到师父嘴边，却什么也没有听明白，于是他从怀里取出纸笔递到师父面前。

金光坊颤抖着写下一些文字，勉强可以辨认出："蓬莱身里十二栖，唯身净土己心弥陀。"随后，他稍停片刻，更加急促地下笔写道："求观音者，不心补陀，求补陀者，不心海。"

金光坊一放下笔，便合上了双眼。清源怀疑师父已经断气，却发现他还有脉搏和体温。清源并没能从师父的笔迹中确切地理解写下那些字句的心境，那是金光坊好不容易才达到的境界，同时也表达了他强烈的愤怒和抗议。

匆忙准备的大木箱很快就被扣到了金光坊的身上，这次可是把木箱牢固地钉在了船底。等这项工序完成，载着奄奄一息的金光坊的小船就被几人推入了海潮中。

金光坊渡海之后，补陀落寺住持在六十一岁渡海的传统便消失了。其实原本就没有这项规定，再加上金光坊渡海的始末被传播开来，世人改变了对补陀落寺住持渡海的看法。取而代之的是，补陀落寺住持圆寂之后，尸体会被施行补陀落渡海，从滨宫海岸漂向大海，逐渐成为惯例。这样的渡海者直到享保年间（公元 1716－1735 年）共有七位。渡海时间被安排在圆寂的那个月，所以季节也各不相同，有在春天进行的，也有在秋天进行的。

金光坊渡海之后，只有一人在生前渡海，那就是在金光坊渡海十三年后，即天正六年（公元 1578 年）十一月清源上人渡海。清源那时三十岁，依据补陀落寺的记载，他是为了双亲而渡海的。当然，关于这名当年陪同金光坊渡海的年轻僧侣渡海时究竟是怎样的心境，后人无从知晓。

小磐梯

从喜多方到桧原通常要走六里[1]路。若是早上八点从喜多方出发，就算一路上边走边玩，下午两三点也能到桧原。经过大盐村之后有一座叫大盐岭的山岭，由于石子路尖石突起，上下坡时着实难走，可对于每日驾驭驮马往返于这条路上的年轻力壮的男人来说，根本不算什么。在如今公路交通已相当发达的日本，这条路因被从若松方向经喜多方、桧原绕道米泽的米泽大道所取代而彻底废弃，但在明治中期——准确地说，我们从喜多方出发是在明治二十一年（公元 1888 年）七月十三日——一路上还有相当多的人马来来往往，十分繁荣。由于桧原附近有许多漆器工匠，每天光是从若松运送漆器木胎而来的驮马就数量可观。

这次出差，我们从一开始就抱有一种度假般闲适的心态。

① 日本长度单位，1 里约 3927 米。后篇《北方驿道》同此用法。

我的工作类似于征税员。提到征税员，难免会给人一种横征暴敛的卑微恶吏的印象，但事实绝非如此，要是在现在，我们大概会被叫作耕地勘察员。

当时，我们承担郡政府的纳税工作，每隔一年调查一次辖区内农村耕地面积，并对超出部分进行征税之前的调查。我被分配到了喜多方，对了，当时喜多方的街道都还未建成，隔着田附河分为小田附村和小荒井村。我就在小田附村的郡政府里做这样的工作，用当时的话来说就是耕地调查。那次出差的目的就是调查桧原村下属的磐梯山北麓，也就是被称作内磐梯的地区，调查散落山间的几个小村寨的耕作面积。

与我同行的还有留吉和金次。留吉已经鬓角泛白，年纪将近五十，身材瘦弱，是个性格耿直的人。透过撩起的和服后衣襟可以看见他那细长瘦弱的双腿，但这双腿走起山路却胜过我们中的任何一个。金次三十多岁，是个沉默寡言、性格有些阴郁的年轻人。他也是一副穿着草鞋、撩起后衣襟的打扮，只有我的装束还稍微像个测量人员，下身整齐地穿着盖住脚面的蓝色工作裤，上身是和式上衣，脚踩草鞋，并在腰间绑了一双备用的。

我一副领队装扮，虽然最年轻，只有二十八岁，但我二十岁左右就曾经在横滨协助过外国测量技师，多少具备些测量工作的经验和知识，所以年纪轻轻已在乡下的郡政府里被安排在指挥的位置上。留吉对测量工作本是个外行，开始是作为临时工来政府工作的，在他协助测量工作期间，不知不觉似乎就变成了测量组的工作人员，他自己估计也是这样想的。金次是因为这次工作，喜多方这里新招进来的秘书，字写得相当漂亮。

出差预计十天，一开始就设定了时间充裕得近乎奢侈的日程安排。第一天从喜多方去桧原是熟路，如果提前到达，在那里无所事事，难免会遭村民非议，于是我们就在途中的茶馆打发了一段时间，甚至还在山岭的树荫下睡了午觉，边走边休息。刚娶了媳妇不到一个月的秘书金次只要一坐下来休息就会打瞌睡，因此总被留吉取笑。

正是天气逐渐转热的时候，稍走一会儿就全身冒汗，可一停下脚步，干燥的山风又会吹得皮肤发凉，此时是这个地区一年中气候最宜人的时节。这一年的雨季特别长，直到七月初几乎都没有彻底放晴。气候不佳自然对农作物也产生了影响。此时天气正在转好，看了太久阴郁天空的我们，无论是看到凝聚着尘埃的雾气、漫山遍野生命燃烧般充满活力的绿色，还是那万里无云、明彻深远的蓝色天空，都感觉如此特别，对接下来几天的旅程的期待也越发高昂起来。

那天下午四点左右，我们已经在桧原境内，途中发生了一件小小的、连事件都称不上的事情。我们下了大盐岭，正沿着桧原河岸边的小路赶路时，对面走来一个游方朝拜者打扮的女子，默默拦在我们面前，嘴里开始念叨。我们听不清楚她在说什么，便凑到她跟前，只听她嘴里嘀咕着："回不去了，回不去了哟，为了你们自己别往前走了。”这女子穿着鼠灰色的棉布衣，戴着相同颜色的护手和绑腿，手里拿着铃铛，四十来岁，肤色偏黑，再加上因年龄而生的细纹，总让人觉得有些顽固并不怀好意。她说话的时候也不看我们，眼神明显异于常人。

我和金次没搭理她，径直走了过去，留吉几次想要闪开都被那女子挡住了，他左右躲闪了两三次，最终擦过对方的身体向我和金次这边追来，嘴里还念叨着：“精神病真是麻烦。”留吉似乎还有点放心不下那女子，走出很远之后还回头看了几眼，嘀咕着：“还盯着我们看呢，真晦气。”

虽然有这么一段小插曲，在旅行的第一天，我们仅仅因为能从政府那些无聊的事务中解脱出来就已经感觉十分惬意了。那一天，我们经历了几次小地震。一次是在桥上，明明不是吊桥，却看见桥板嘎吱嘎吱地一齐向某个方向摇摆。留吉说地震了。其实在那之前我就已经感觉到发生了相当强的地震。可这一个月来，我已经习惯了地震，在喜多方地区，一天中总会有几次可感地震，所以也就见惯不怪了。

后来回想起来，我们不该把路上遇见的那个疯癫女人的话当作毫无根据的疯话一笑了之。那时倘若照她说的从那里原路返回，也许如今我们还能继续各自原本的人生道路，而不会落入如此悲惨的境遇。人就是如此浅薄，连近在眼前的危险都无法预见。那个时候，我们正在把自己一步步推向自我毁灭的地狱之门。

前面已经说过，桧原是米泽大道边上的驿站，村落由五十多户人家组成，因附近一带桧树多，以前似乎被称为桧木谷地，可以说是一个隐匿在桧树林里的山间村落，大概位置就是在磐梯山山阴、吾妻山以西、高曾根山的山腰，相当偏僻。桧原四面环山，因而平地很少，耕地缺乏，土地名副其实的贫瘠不毛，村民们基本上以加工漆器木胎、剥兽皮和赶驮马维持生计。

旅店有三间。此地沿我们从喜多方而来的路径直朝东北走，越过郡边境的山峰，再走三里路就会到达羽前的纲木，从纲木再走三里路就到了米泽。只是山间小村的松原，却因此成了连接文明时代新风的通路，连相扑界的大达[1]一行四五年前也曾在去往米泽、山形的途中经过此处，就住在我们经村长办事处介绍的旅店里。旅店正门供客人解下草鞋的土间内还挂着“大达关一行御宿”的大招牌，估计就是那个时候留下的。

我们第二天就要离开桧原的米泽大道，折向南边，到了隐藏在磐梯山北麓密林下的长濑河，再沿河岸前进。隶属桧原村的细野村由七户人家组成，在距桧原一里半路程、而离细野一里远的地方还有个二十户人家的大泽村。进入大泽村，可以说就来到了磐梯山的正下方，从大泽到磐梯山半山腰的中之汤、上之汤温泉疗养地，路程仅一里左右。从大泽绕磐梯山山麓向

① 旧时日本相扑界级别最高的力士。

东北方向再走一里路就是由十二户人家组成的秋元村。

我们这次的工作便是调查细野、大泽、秋元这三个村落的耕地，村长办事处所在的桧原村似乎任何时候都能进行调查，我们便决定把它放在后面，趁雨季刚完暑气未盛，先去调查隐藏在密林深处的三个小山村。

那一晚，我们在旅店和村长办事处派来的工作人员协商，得到了春太郎、久米、信州三人的支持。信州这名字虽然奇怪，但大家都这么称呼他，我们也就跟着叫了。春太郎和久米两人都是年过六旬的老人。春太郎看上去像个性格稳重、出身名门的隐者，一副大耳福相；而久米则恰好相反，性格有些乖僻聒噪，眼睛深陷，颧骨突出，看上去脾气倔强。信州似乎能说会干，有点小聪明，一个人就能掌控办事处的所有杂务。他身材矮小，看上去三四十岁的样子，从外表分不清到底年轻还是年长。

这三个村民将作为耕地调查的督促员和我们一同前往调查现场。进入明治新时代还不到二十年，把收取税金当成骗钱把戏的人还很普遍，所以那时候尽管只是调查四十户左右的耕地也需要如此阵势。

第二天，七月十四日清晨，我们一行六人离开桧原村。新加入我们的春太郎、久米、信州三人也和留吉、金次一样卷起和服衣角，裹着头巾，系着绑腿，脚踩草鞋。站在旅店房间门口时，我们经历了那天的第一场地震。由于是最近频发的地震中最强烈的一次，我们和旅店里的女人们一样都惊得飞奔到外面的路上。

出了旅店，村口处有一座桥，我们穿过桥去往长濑河左岸。从那里开始，小路向着南方缓缓蜿蜒，进入一个叫作岩石河滩的地区，这里路上铺满了小石子。当我们正要向那里前行时又发生了一次地震，但这次感觉就像是刚才那一次的余震，所以谁也没开口，只在那一瞬间都停住了脚步。那些小石子层层叠叠蔓延到河滩里，清晨的阳光照射在石缝间生出的杂草上，早早升起的烈日令人不禁想到正午将至的炎热。望着那明晃晃的烈日，我似乎感觉大地在晃动，一阵异常的不安涌上心头，原来大地是如此不可信赖。瞬间的厌恶感如同飞鸟划过天际在我脑中闪过，然而，我很快就忘记了。

穿过河滩，磐梯山脉的大磐梯、小磐梯、赤埴三座山峰优美地耸立在去路的正前方。山峰看上去很有雄壮之美。我曾无数次听说从内磐梯看山景多么美丽，但亲眼见识之后才觉得比传闻更胜一筹。从山麓到岩石河滩全是桧树、栎树、榉树、冷杉、枫树丛生的苍郁的原始森林，磐梯山下的树种是经过整理的，地表覆盖着红松、白桦等。总之，从岩石河滩一眼望去净是壮丽的林海。想到接下来将要造访的三个小山村就隐藏在这片茫茫林海之中，感觉有些不可思议。人在这样的地方竟然也能维持生计，我心里不由生起一种敬畏之情。

道路在细野分岔，一条通向吾妻山山麓，另一条则通向我们的目的地磐梯山麓。我们在岔道口向右拐，穿过长长的原木桥去往长濑河右岸。

过原木桥时，办事处的工作人员信州发现河滩边有大群蟾蜍正在迁移。

“从那两块石头之间不断爬来的不是癞蛤蟆吗？”

听了信州的话，大家都望向那边。果然，那简直可以说是一支由成千上万只蟾蜍组成的大部队正在迁移。每一只都在一刻不停地向前跳跃，因为身后紧紧跟着同胞，除了前进别无选择。不过，这群生物的行动有些异常，它们似乎目不斜视地专注于迁移，好像有一股死心眼的认真劲。

“吓了一跳！”“吓死了！”大家嘀咕着。留吉、金次、春太郎、久米、信州都被这奇异的景象深深地震惊了。接着，信州说他见过蟾蜍在融雪之际群集交尾，但这么多的蟾蜍一起迁移还是头一次见到。久米说自己曾经在十年前见过这一带的蟾蜍打仗：“这里的癞蛤蟆和上游的癞蛤蟆发生了冲突，于是就准备靠武力解决，没错，肯定是这样。”

“嗨，该走了，这样傻站着，没法调查耕地啊。”留吉说道。他的话让大家重回现实，继续赶路。

进入细野村时已经过了十点。虽说是一个村落，却仅有七户人家。各家的房子都建在东西两侧八森山和剑峰山之间的狭长地带，好像人的身体一样蜷缩着，紧紧挨在一起，坚实地矗立着。在磐梯北麓，这个细野村是东西走向的丘陵间最狭窄的地区，不愧是一个峡谷间的小山村。村里的男人以做漆器木胎为业，每家每户都在正房边上建了鸡窝一般大小的木胎小屋，里面放着一两台转盘。农活全由女人承担，所以当我们进村时，女人们正忙于田间杂务，一个也没见着。

为了对耕地有个大致的了解，留吉在一个村民的带领下进了后山，而我们就和木胎屋里的老人闲聊打发时间。这期间又发生了一次地震。

在等留吉回来的那段时间，村里的男人们也加入了聊天。大家一起商量几天后耕地调查的具体安排，讨论完之后，我们便离开了细野村。出了村口，地形豁然开朗，低矮的丘陵像波浪一般起伏，大平原把磐梯山环抱在内，向东西方无限延展。

经过细野村之后，我们便离开了相伴许久的长濑河水路。从细野到大泽的一里路程几乎都是在原始森林里摸索，一条连路都称不上的小道蜿蜒着经过黄蓬原、大渊之类只有地名没有聚落的地方。在黄蓬原，我们遇见了从磐梯山温泉疗养地下来的一群人，有男有女，似乎是一家人，有一对年届五十的夫妇、一个十五六岁的少年、妻子三十多岁的妹妹，此外，还有帮他们带路的桧原村邻村盐原村的两个年轻人。

这是一个商人家庭，特地从新潟赶来，准备在中之汤进行一个月的长期温泉疗养。这几天他们总觉得磐梯山和以往相比有些异常，突然感到不安，于是才过了一个星期便匆匆结束温泉疗养下山来了。

男主人看上去病恹恹的，血气不畅，一脸不快地沉默着。

而夫人看上去多少有些歇斯底里的倾向，神经质的脸庞紧绷着，像是警告我们，接下来这些事可是非说不可。她说：“四五天前开始，上之汤的水量骤然减少，这已很不可思议，而岩石间喷出白色水蒸气的猛烈程度更是惊人。中之汤的水量虽然没有减少，但从两三天前开始水温就高得不能入浴。这四五天里每天都能听见山谷的轰鸣声，而且一天比一天剧烈。像今天早上，轰鸣声几乎像是山崩地裂一般，这前后还发生了地震。我们每年这个时候都来这里泡温泉，还是头一次遇到这种情况，肯定不寻常。”说完这些，她又接着说，“还有一些人和我们一样害怕，都下山了，可这世界真是什么人都有，竟还有人和我们相反，正往山上赶呢。”

据说，现在上之汤还有三十人，中之汤有二十人，下之汤也还有二十人左右，都是来疗养的。

一个带路的盐原村的年轻人说：“这十年来都说磐梯山会消失，但却一点动静都没有，照这样下去，今年估计是要消失了吧。昨夜山里下了点雨，今天一看，沼之平的温泉池却把雨水全都吸干了。这种现象说可怕的确可怕，说没什么大不了也没什么大不了，但磐梯山都这样了还不发生点什么也太不像话了吧。”年轻人犹犹豫豫地表达了当地人的看法。听了这些话我有些担心，又似乎一点都不用担心。可那些异常得没什么逻辑的话却格外体现出当地人的恐惧。年轻人总是在话里夹杂着“老天保佑，老天保佑”，之后同行的人催促着起程，他便跑到前边大步走开了。这年轻人刚才用了“消失”这个词，山要消失应该指的是火山喷发或山顶被炸飞的意思，这个地方的人都把这个词这样用。

和新潟商人一家偶遇，并听到种种传闻之后，我感到有些毛骨悚然，但对于自己将要相反地一步步接近他们正要逃离的磐梯山并没有感到不安。和那些人分开之后又走了几町路，向来沉稳的“隐士”春太郎突然开了口：“我活了这么久，还没像今天这样见到这么多蛇呢，这可不是什么不足为奇的事。”实际上，我也注意到了这一点，只不过初来此地，心想也许这里本来就是蛇多的地域。过了细野，光是扬起镰刀形身躯横穿道路的蛇就看见了好几条；刚想找地方坐下休息一会儿，却发现数量众多、身子细长的家伙们正静悄悄地滑过树丛。作为这个地方的原住民，很少发表意见的春太郎都这么说了，我总觉得这有些不寻常的意义。接着，像是呼应春太郎的话，这下轮到久米发表了意见。“我倒不是很在意蛇，但山鸽和野鸡为什么在四处吵吵嚷嚷呀。据我以前打猎的经验，鸟群不会这样闹腾的。”他歪着脑袋说道。

这时，一整天都没开口的金次明显地表现出畏惧的神色，蠕动着嘴说：“我们昨天在山岭遇见了一个女子，她说——”

“金次！”金次正要和久米搭话，旁边的留吉用出奇强烈的喊声制止了他，并训斥他别说些没用的话，这在温和的留吉来说是很罕见的。只有信州一人似乎置身事外，毫不在意同伴之间逐渐紧张的气氛。

“山偶尔会轰鸣，蛇和鸽子偶尔也要搬家。如果事事都在意，那春太郎很快会中风，久米也要秃顶了。”留吉这么开着玩笑。我这时才知道，原来春太郎对事物从不大惊小怪的沉稳态度是因中风导致的行动迟缓。久米留着和尚头。听了信州的话仔细观察之后，我才发现他那凹凸不平的头顶有好几处不长毛发而形成的光泽区。

下午一点，我们进入大泽村。那时候大泽被称作押泽、雄子泽或雄于泽什么的，有着各式各样的名字，无法辨清哪个是正确的。这些都是办事处账簿上各人随手写的，可就算知道了哪个是真正的村名也没什么用。这里不过只有二十户人家、两百左右的人口，村民在这个能够朝夕仰望磐梯山的地方生活并扎下根，而密林深处的某片区域就被村民和外人称作“大泽”。

我们向村民提出在村里过夜的请求，之后看日头还很高，便决定走一趟东北一里之外的秋元村。如有可能，我希望明天就开始秋元村的耕地调查，所以今天想先去勘察现场，也想和村里的人商量商量。长濑河从大泽村附近开始基本上九十度转向东边，环绕磐梯山流淌，众所周知，这条河最终注入外磐梯山的猪苗代湖。从这一带开始可以看见两岸美丽的河滩。我们走出大泽村，沿着长濑河前进。离大泽约半里路，小野河与长濑河汇流，河面逐渐变宽。又走了大概半里路，小仓河与之汇流。秋元村就在距离第二个汇流点大约二三町的小仓河沿岸，有十二户人家。

从大泽到秋元，磐梯山麓的密林如同厚厚的绒毯向远处展开。土地并不平坦，高原地区特有的小丘陵连绵起伏。这边是布满白桦林的山丘，那边是大片的原野，长满了此地独有的高过人头的芒草和茅草。

小磐梯居中、赤埴居右、大磐梯居左——如此三峰耸立，我们从细野到大泽，一路上看到了磐梯山全景。而到了秋元村，磐梯山的面貌就完全改变了。至此，左手边远远的梳子峰猛地靠近三座主峰，于是磐梯山上有四座山峰各自守着自己的领地，相互保持一定距离耸立着，看上去简直变成了另一座山脉。从秋元眺望磐梯山也同样十分壮丽。

我们在秋元的一户农家喝茶，欣赏着和以往完全不同的磐梯山景，商量明天耕地调查的事宜。大家正坐在长廊上讨论的时候，又发生了今天不知第几次的地震。农家主人说："这样频繁的地震，难怪大泽人会吓得魂飞魄散。你们还是赶快从大泽撤离到我们村比较安全。"

从农家主人口中，我们第一次听说大泽村最近水井干涸，比起其他地方，那里的地震震感特别强烈，大山发出的轰鸣声也很异常。这些现象令大泽村村民每天战战兢兢，这十几天来连干活的心思都没有了，家家户户都犹豫着要搬走还是留下。

秋元和大泽同样位于磐梯山山脚下，但汤尻峡谷、小深峡谷、大深峡谷等磐梯山脉的众多峡谷向北延伸，把大泽村单独包围了起来，如果磐梯山发生天灾，首当其冲的肯定是大泽村。不可否认的是，秋元村的人多少带有些隔岸观火的轻松心态。

听了这些话，我们也觉得住在大泽并不太令人安心，况且给那些动摇不定的村民增添麻烦也不太妥当。但今天既然已向对方提出了住宿请求，可以明天再从长计议，我们最终还是返回了大泽村。

当我们回到长濑河与小野河的汇流点时，路遇一对穿着不同寻常的年轻男女，远远看去就觉得他们有些不同于本地人。我们腿脚快，追上一看，果然是一对都市模样的年轻男女，年纪都在二十一二岁。男子一脸书生气，穿着和服，手里却拿着西式阳伞。女子白肤丰颊，娇嫩的脸庞掩藏在披巾之后，发型精致，条纹和服也是东京一带才能见到的款式。

我问他们去哪里，男子回答去上之汤，但他们的行李只有女子拿着的一个包袱，不用说作为旅行者，就连温泉疗养客都不会是这身打扮和装备。信州问他们，在这个时间、以这身装扮去上之汤，打算何时到达，男女二人都答不上来。看样子，这两人似乎对上之汤的具体位置、经由路线、路程等情况一无所知，便在磐梯山麓的原野上晃悠了。

我半带强迫地建议他们今晚和我们一起在大泽过夜。我认为这于这对神情恍惚的男女来说是最佳的选择。女子显得有些踌躇，似乎希望男伴帮她回绝。而男子有些懦弱，最终还是被我强行说服，答应了我的要求。

年轻男女和我们同行总会落后，于是我不得不时不时地停下脚步等他们追上来。这时候，我的视线不经意地落在那姑娘的脸上，在我眼中，她长得实在美丽。我并不是指姿态或容貌之类的美，而是一种无瑕的清纯之美。那张脸，那步态，甚至一些小动作都无不透露出此点，我深感世上原来还有这么美丽的女子。

由于我们又带了两名客人来到大泽村，信州便帮忙介绍，简单安排了住宿。我和年轻男女住一家，剩下的五人住邻家的一间房。井水干涸，所以没有洗澡水，但很意外地我们都受到各自投宿农家的热情接待。

如同在秋元村所听说的，村里的农户都在因磐梯山剧烈的轰鸣和地震而担惊受怕，人心惶惶。这种情况下，多一个人睡在同一个屋檐下，对惶惶不安的村民来说也算是多一份安慰。

我投宿的人家和留吉他们五人投宿的农家都是大家庭，两家都有许多孩子和老人。不仅在大泽，在细野和秋元，子女众多的家庭都很多，一家有八九个孩子是很正常的。

房子的构造都一样，朝着门口土间的都是二三十叠①带地炉的大木板房，里面是八叠左右用木板窗隔开的客厅和储藏室。客厅朝前院，储藏室朝后门，各自带有外廊。

---

① 日本面积单位，1 叠约为 1.62 平方米。

我睡在客厅，年轻男女睡在储藏室，农家主人睡在了大木板房。

房间暂且如此分配之后，我们被邀围着地炉与主人一家共进晚餐，其间，主人夫妇脸色阴郁地向我们叙述了种种异常现象。诸如今年的雪比往年积得更厚却化得更早；这个月初，土田村的人在黑泽尻砍胡桃树时，听到地下频频传来大树倾倒的巨响而害怕得逃回；四月十五日晚上九点左右，磐梯山山顶喷出蓝色的火焰，一两分钟后又传来火炮一般的轰鸣等。孩子们在父母说话时都齐刷刷地抬头仰望着他们的脸，轮到我说话时又齐刷刷地把脸转向我这边。年轻男女几乎不开口，似乎各自陷入了忧思。看到这情景我难免有些在意，和主人一起向他们搭话，他们多少也会吐出几个字，但从不主动与我们说话。

吃晚饭时，又来了一名男客人，他是今天中午从桧原出发来到此地的。他一进门还在门槛解草鞋，就开始喋喋不休地说自己早想从桧原来这里一趟，这是第一次尝试，路途又远路况又差，一路上吃了不少苦。这人貌似十分莽撞无礼，但当他坐在地炉附近，灯光照亮脸庞时，我发现他四十来岁，一身商人打扮，看上去挺精明能干，着实有些意外。

关于此人的情况，即便我们不开口问，他也会自己说个不停。大家很快就明白了事情的来龙去脉。他出生于外磐梯山的某个山村，年轻时去大阪开鱼糕店发了财，积累了一小笔钱。这次是首次回乡为去世的父母举办盛大的法事，同时也想令乡亲们大吃一惊。这便是他回乡的目的，以显示出他的气魄。

如果是外磐梯的村落，那肯定从猪苗代方向走比较顺路，路途更短也更好走。可是，他偏不那么走。就算是长久以来一直想从桧原走一次磐梯山，但偏偏选在衣锦还乡的隆重时刻，已经充分体现出这个小有成就的男人的为人了。轻率自不用说，很容易自大、爱逞威风，但此人并不令人讨厌，也有很值得欣赏的优点，事实上他那积累财富所必备的勤劳实干让人印象深刻。

此人到来之前，农家主人一直在谈论和磐梯山有关的阴郁话题，而这个开朗的人一出现，话题就彻底转变了。地炉边上笑声不断。

这段时间里又发生了一次微震和两次山鸣。虽然是很轻微的地震，但年幼的孩子内心似乎蒙上了恐惧的阴影，他们急忙冲到父母身边，吓得哭出声来。山鸣在我听来和风声没什么区别，心想原来这就是山鸣，那么白天在路上的确听到过几次类似的声音。和地震时不同，山鸣时孩子们依然紧偎着大人，但却不哭不喊，稚嫩的脸庞露出一副沉思的神情，竖起耳朵一动不动地追寻声音传来的方向。看到年幼的孩子们这样阴沉而专注的表情，我有种说不出的难受。

吃完晚饭，我们和农户一家都早早入睡了。大阪的鱼糕店商人和我一起睡在客厅。我们把被褥并排铺好，他头刚碰到枕头，没一会儿就打着鼾昏睡了过去。

我也很快睡着了，只是睡得很浅，不一会儿就睁开了眼睛。睁眼的同时，我听到储藏室那边断断续续传来拉动防雨窗的低沉声音。那声音持续没多久便消失了，但过了一会儿又响起来，十分顽固且不厌其烦。我仔细听着储藏室的动静，终于，那边传来有人踏过榻榻米的声音和衣角擦过地面的声音，年轻男女沿着外廊走到了屋外。不知为什么，刚躺下来时，我就预感可能会发生这样的事，估计也因此才睡得这么浅。总之，既然听到了那边的动静，就不能置之不理。

我犹豫着推开了客厅的防雨窗，光着脚走向庭院。屋外是如同白昼般明朗的月夜，甚至可以清晰分辨出庭院一角那棵南天竹上每片叶子的正反面。我从屋侧绕到后门，沿井边小路来到比这家庭院略高的山坡。杂草叶和芒草穗在月光下闪耀着白色的光辉，向远处无尽延伸，原野那端可以看见年轻男女远去的身影。

我觉得没必要跑着去追，于是大步跟上。走出半町左右，那对男女回头张望，我便怒声喊道："究竟要去哪里啊，蠢货！"女子瞬间开始奔跑，但似乎很快就放弃了。她停下来，用袖子掩面啜泣。男子则是完全不知所措的样子，茫然地呆立在那里。

女子穿了和白天不一样的和服，深紫色的面料衬得她的脸色越发惨白。那似乎是赴死的盛装，她竟然此时把它穿在了身上。

"我们是无论如何都活不下去了。"女子抬起泪湿的脸庞，对我说出这么一句话。

我没有理会她的心情，只是让他们回去，然后就径自先朝农家走去。到了后门的水井旁，我洗了洗脚。那两人也跟着我洗了脚。我没有可穿的鞋，便从他们住的储藏室进去，回到自己睡觉的客厅。之后从储藏室那边传来一阵女子的啜泣声，我没有在意便睡着了。

第二天，即七月十五日，还不到六点，我被强烈的山鸣声吵醒。那时鱼糕店商人也起了床，不知从哪里掏出一块金壳表，对着从防雨窗透进来的白晃晃的日光读出了时刻。

我和鱼糕店商人都已睡意全无，翻过防雨窗坐在外廊上，感受着清晨寒冷的空气，抽起烟来。这时，储藏室的防雨窗打开了，农家主人住的大木板房的防雨窗也打开了。多亏山鸣声，大家都起床了。当然，对农家来说这也绝不算早了。隔了一个小山坡的邻家看样子早就起床了，留吉和春太郎正在那家的前院边聊天边穿草鞋。接着，久米、金次和信州也出来了。大家都在做着出门工作前的准备。我接下来得去吃早饭，所以要比他们晚一步出门。

我不经意地看着那边的伙伴们，而朝向我这边的留吉也发现了我，轻轻挥了挥右手，示意要先走一步。久米、春太郎、留吉、信州、金次依次走出邻家的前院。

等住在邻家的一群人离开三十分钟左右，我、鱼糕店商人和那对要殉情的男女一起从农家出发。女子今天还是穿着昨夜那件紫色和服，看来他们还没有放弃求死的想法，我感到有些愤怒。

“我接下来去秋元，你们也跟着一起去吧。到那里再派人送你们回猪苗代。”我对那两人用了如此一厢情愿的说话方式。

男子轻轻点头，女子低着头默不作声。这时我从他们的神情可以看出，男子已经放弃了求死的想法，而女子却还执拗地坚持。或许从一开始，那男子态度就不是很积极，只是被女子强迫而不情愿地来到了这里。这么一想，我反而对女子的执着产生一种莫名的怜悯之情。

我们依昨天的路线，沿长濑河前行。今天同样晴朗舒适，万里无云，淡淡的蓝色使天空显得纯净透明。距大泽村大约二町远的地方，道路被从小深泽流出来的小溪阻拦，越过小溪，道路正好分岔，一边去往秋元，一边去往川上、长坂方向。

鱼糕店商人就在那里与我们分别，走进了被半人高的大叶竹围拢的小道。他只穿着一件白衬衫，和服装在用扁担挑着的包袱里，扁担的另一头挑着手提包。他似乎很急迫，迈着步子慌慌张张地向远处走去。最终，白色的背影完全消失在大叶竹丛中。

我一言不发，跟着那对都市男女向小野河的汇流点走去。和鱼糕店商人分开没多久，我们看见路边小山坡上站着十来个村里的孩子。小的五六岁，大的也就十岁，像是大家一起结伴出来玩。这一带自然不可能有学校。如果再大一些，孩子就得帮家里干活，可他们现在还太小。眼下正值养蚕的繁忙时节，父母无暇看管，便一大早就把孩子们赶出家门，放任他们在山野玩耍。

孩子们占据了比山路更高的地方，站在那里毫不客气地打量我们。我也把视线投向他们。那一刻，我似乎在其中看见了昨晚投宿那家农户的孩子。不过，农家的孩子看上去都长得差不多，他们之中似乎有昨天被地震吓得蜷缩在地炉一角的孩子，也有一声不吭倾听山鸣的孩子。我分不清这些孩子都是谁家的，但想确认一下昨晚收留我们的那家农户的孩子是不是也在其中，如果在就打个招呼。

正当这时，准确地说是七点四十分左右，我感到大地开始剧烈地晃动。那种强烈的震动方式和至今为止发生的地震完全不同。我猛地扑向地面，分不清是山体的轰鸣还是地底的轰鸣，地壳深处传来了一种令人毛骨悚然的声音。接着，年轻女子一下子失去重心，踉跄了一步，跪倒在地，正好进入我的视线。我好不容易站了起来，又因第二轮的震动倒地。这次我用右手支起了身体。不知那些孩子是不是坐在了高地上，我抬头看去时已不见他们的踪影，高地上沙尘飞舞。

第二轮地震平息时，我接受了前两次的教训，小心地支起身体。在我身旁，年轻男子正伸手去搀扶女子。

这时，我看见高地上冒出一两个和尚头。紧接着，所有脑袋都伸了出来，我听见一个孩子像唱歌一般大声喊着：“火山喷吧，要喷就喷吧！”接着，其他几个孩子也声嘶力竭地合声喊道：“火山喷吧，要喷就喷吧！”

我清楚地看见了几个孩子朝磐梯山站立着，清晰地听见了他们用尽气力，大声呼喊着。

“火山喷吧，要喷就喷吧！”

就是这样。在那无法辨别是歌声还是喊声的绝唱结束之前，轰然巨响劈开了大地。我感到自己被气流推向右侧一间[①]左右的地方，然后落在地上。巨大的响声一次次传来，大地不停地晃动。我的眼睛是什么时候看见磐梯山的，之后怎么回想也想不起来，反正那时候，磐梯山山顶的烟柱直冲云霄，仿佛地狱一般，瞬间就达到了磐梯山本身的两倍高。磐梯山真的喷火了。从那时起，小磐梯的身影永远消失了。当然，这是我事后才知道的。

而我是怎么获救的，这一点我也不能准确地解释清楚。但我仍然记得岩石和砂土组成的巨大洪流从磐梯山北麓奔流而下，吞没一片又一片的密林，那恐怖的景象仿佛并不存于这个世界，如同噩梦。之后，不知是在哪个地方，那紫色的衣裙仿佛被飞快的激流吸附，像一枚紫色的小纸片飘上天空，瞬间便落入泥土的激流中消失不见。小石块和灰尘不断飘落，根本分不清白昼和黑夜，一切都在昏暗的天地中进行着。我不顾一切

① 日本长度单位，1 间约为 1.82 米。

地沿着小野河逃向秋元村北面的高地，就因为这个举动，我才九死一生。如果我逃离的方向稍微偏离一丁点，就极有可能落入泥土的洪流消失得无影无踪。

磐梯山喷火之后仅仅一个小时，细野、大泽和秋元都被岩石和泥土的洪流吞没，掩埋在几丈深的岩层之下。而接下来，如各位所知，不仅是北麓村落，东麓也有一些村落遭遇了同样的厄运。

关于磐梯火山爆发，已有很多精确的调查报告公布于众，事到如今我也没有什么要补充的，只想说说和那些地质学家的报告不同的见闻。我的耳边至今还回响着“火山喷吧，要喷就喷吧！”的喊声，那是孩子们在束手无策的情况下对火山做出的最后挑战。

还有一点，报告记载有四百七十七个遇难者，但准确地说，我认为这个数字至少还得加上三人。如果要举行类似集体追悼会的活动，我希望能祭奠那对姓名不详的年轻男女和同样姓名不详的鱼糕店商人的灵魂。现在，细野、大泽、桧原和长濑河中段都已被岩石和泥土掩埋，沉入了那时形成的巨大湖泊之下，秋元也同样沉入了其他湖泊之下。

说起来，我至今也没再去过那里，恐怕将来也不会去。就算亲眼见到形成在那里的美丽湖泊，我的内心也将不知有多么恐惧。恐怕这一生，我都不会再想踏上内磐梯的土地。

北方驿道

大约一个月前，一个素不相识的人给我寄来四册线装书，书名很长，叫《日本国东山道陆奥州驿道图》，每册有四十余张对折的大幅和纸，四册加在一起也没有多少重量。如书名所示，书中用淡彩鸟瞰式地描绘了从白河关经现在的福岛、宫城、岩手、青森北上至下北半岛北端的大畑沿途驿站风景，可谓名副其实。

寄件人是“锻冶山兵太”，地址是“三重县木本町马止”，邮戳上的文字看不清楚。对锻冶山兵太这个名字我全无记忆，收到邮包之后，我每天都在等待这个陌生人的音信，却没有任何动静。

书刚寄到时，我粗略翻了翻，觉得内容奇特，却完全猜不出对方出于什么缘由寄给我。疑惑之余，我就把书连同包装纸放在书架上，一周之后，才在初冬清晨的暖阳下将其拿到檐廊打开，好奇地细读起来。

每册书都在封皮注明了描绘区域：第一册“从白河郡至伊达郡”，第二册“从刈田郡至下胆泽郡”，第三册“从和贺郡至北郡”，第四册“从北郡佐井港至田名部海滨”。

每册书都用整页篇幅如实描绘驿道风景，没有文章，只附了简短的注，比如此处发洪水时无法过河、此地有何特产、《东鉴》一书中有所记载等。第一册第一页原本应该有序，可惜被人剪掉了，只剩下写有“露州居士识”几个字的部分。第二页本来有图画作者和校对者姓名，但只剩下“校对”两个字和写有“势州神都”“奥州须贺川站”“奥州一户站”等文字的部分，其余都已破损，只留下雨点打过般的茶色污渍。

因此，对这方面毫无所知的我既无从知晓画册描绘的年代，也无法判断这画册是不是照原本临摹而成。

显然，画册的目的在于描绘进入东山道奥羽之后的驿道全程实景，作者的用意不同于单纯的风景画，而以富有雅趣的笔触展现东北地区萧条的秋景，算是风格独特的画作。画册上还残留着“校对”字样，想必有当地人参与了驿道图的完成，但作者本人的实地考察记录无疑是画册的基础。

第一册第一页画的是从白河市穿过小丘陵，越过清水坂到根田车站间一里路的风景，从画面中能感受到初秋的气息。到了第四册最后一页，下北半岛北岸大畑附近伸向深海的断崖呈现出初冬的萧索。从画册中能够看出，作者在描绘漫长的驿道风景时加入了对季节的思考。

我对绘画完全是门外汉，判断不了画作的年代。从画册中所注的“仙台市一千七百十三户，盛冈市一千八百余户”大致可以推测出作者是江户中期人士。

本文目的并非详细介绍画册，因此不多赘述。陌生人寄来的这薄薄的四册东北驿道图让我饶有兴趣地翻了一整天，不忍释卷。

作者从初秋的白河出发，越过清水坂，沿二本松、福岛、白石、仙台、一关、盛冈、金田一、三户蜿蜒北行，过五户站，远眺八甲田岳，四处皆是萧条落寞的晚秋原野。接着，作者经过初冬季节海面晦暗的陆奥湾，入野边地港，再北上到田名部，之后不知走的海路还是陆路，中断了一日路程，再经现在地图上下北半岛面对津轻海峡的村落，到达大畑，就此为旅途画上句号。

第二天，我带着这四册作者不详的驿道图，拜访研究地方志的朋友，借了江户末期的木版地图《陆奥出羽国郡行程全图》来对照。想起江户时代的游历文人菅江真澄的东北纪行文中包含南方部分，便又去图书馆查找。

和朋友的古地图一对照，驿道图中出现的二三十户的小村落名称几乎全部相异。查找了真澄的纪行文，在下北半岛中有关于田名部、大畑、易国、大间、奥户等地的记录，两相对照，虽有所差异，真澄的记叙和驿道风景图却在意境上惊人地一致。我想象着两三百年前北海偏僻之地的种种景象，感觉其乐无穷。

当然，这么做并不是想深入考察古驿道图的作者和那个年代，我丝毫没有这种想法，权且算作愚不可及的自得其乐吧。做学生的时候，我曾经怀有过这种一无所用的探索欲和好奇心，之后便消失了，没想到这陌生人寄来的四册古地图，又点燃了那消失已久的好奇。

即使正值工作繁忙，我还是花了两三天时间去图书馆和旧书店，自得其乐。等将古地图把玩得差不多了，兴致犹如附体的邪魔突然退去，我又赶忙回到了工作中。

就在我对古地图的兴趣已如烟花般散去，完全将其置之脑后时，寄书的锻冶山兵太给我来信了。确切地说，那时距离收到驿道图已过了三十五天。

锻冶山兵太的信有重复的部分。他在信中说年轻时曾立志写作，但从生涩古板的文体来看，实在没什么文采。我把他的信整理加工了一下，发表如下。

他的文章谈不上优美，笔迹却苍劲有力，颇见功底。

想必您已经收到《日本国东山道陆奥州驿道图》了。本想寄书后马上写信，但被身边杂事所扰，直到今天才提笔，实在抱歉。

其实，给您寄《陆奥州驿道图》是希望您能买下。虽然冒昧，但我想您大概会买，就直接寄过去了。

听我这口气似乎对您很熟悉，其实，除了跟您一样出生在静冈县，我对您一无所知。对您时常发表的大作，我也没有拜读过一本。这么说或许会让您不愉快，请原谅我的失礼。

在考虑出售这几册书时，我也想到过同乡前辈中几个实业家的名字，但觉得还是写作的人最明白书籍的价值，加之偶然从杂志上得知您出生于静冈县，便冒昧决定寄给您了。

说来不怕您笑话，年轻时我也曾想过写小说，觉得即使没见过您也知道您的性情，于是想请您帮我渡过难关。

然而，现在我的想法有了变化，这一点容后再述。我身边发生了一些情况，于是打消了把书卖给您的念头，只要您能收下就可以。关于《陆奥州驿道图》，我并没有什么特别的研究，但我会解释我和它的关系。也许只是我的臆测，我想，它对于从事写作的您多少会有点参考价值。

第一次在京都北野的旧书店发现这套书已是二十年前的事，那时我二十六七岁，从某私立大学专科中途退学，每天无所事事。

我出生在沼津，是家中次子，家里以经营杂货店为生，贫困度日。原先有一个亲戚供我上学，他家破落之后学费便没了着落。加之我自己开始厌学，于是就退了学，打算从此当个自由劳动者。当时我四处借钱，变卖家当，每天在廉价出租屋的二楼里无所事事，懒散度日。

日后每当回想起那段日子我就心情郁闷，那段时期确实年少轻狂，对一切都抱持怀疑、否定态度，认为前途毫无希望，自己都厌恶自己，对偏离人生正常轨道、被黑暗命运吞噬有一种莫名的快感。那真是一段阴暗的时期。

有一位师兄为我这种生活态度担心，介绍我去关西一家小有名气的出版社工作，结果我却愚蠢地让机会轻易溜走。当时师兄趁出版社领导在高台寺一家餐馆聚餐，把我带去引见。他事先已替我打通关系，只要我中规中矩寒暄几句，就能被正式录用。可我却当场大放厥词，完全破坏了众人的心情。

当时，我简直发了烧似的净说胡话，完全忘记了自己的身份，说什么工作得顺着我的意思、一大早上班我可起不来之类，令师兄的努力前功尽弃。我也不是故意要这么胡言乱语，但当时不知怎么，就是无法控制自己的情绪。

出了餐馆，我和师兄走到祇园八坂神社前的台阶，师兄使劲扇了我两三个耳光。

我觉得师兄已对我彻底绝望，便摇摇晃晃朝四条大宫方向走去，中途坐上电车来到终点站北野，走进车站旁一家小小的旧书店。当时，店主与我相识，拿出一套四册的《日本国东山道陆奥州驿道图》给我看。

不知店主从哪里得来的这套书，给我看大概是想让我鉴定一下吧。当然，我根本无法说出个所以然。

不过，当时我翻着书页，确实莫名地被它吸引了。那晚，我的工作成了泡影，又被最后一个信任我的师兄抛弃，那种自作自受的灰暗心情也许在某些地方和留下这些画作的流浪画师（当时及以后我一直认为那是一位流浪画师）游荡北海之端的心情相通吧。

那晚，我从店里把那四本画册借回了家，准备帮忙卖给一个相识的年轻大学教师。当时想，运气好的话可以从卖书的钱中抽取一部分。可书拿回家我就懒得出门了，嫌麻烦，结果就在手边放了一个月。

我依旧无所事事地从早到晚窝在床上（当时我连上厕所都嫌麻烦，就在房间里放了个尿壶，其他房客厌恶不已）。我经常缩在被窝里，摊开那几本画册打发时间。

看着看着，我不知不觉开始想象起那位云游东北驿道的流浪画师的心境来。我想象自己进入画师的内心：走在北上川上游的磐手、二户两郡边界附近的丘陵地区时的心情，过七户车站，进入人烟稀少的草原，再从草原出来，第一次看到偏僻荒凉的大海时感慨万千。

也许我当时也发狂地想去某个遥远的地方游荡，才会对《东山道陆奥州驿道图》作者的心情感同身受。

我想，把流浪画师云游各地的种种心情用日记体写下来，不就是一篇小说吗？于是，我也不管自己是不是这块料，便连续几天把稿纸和驿道图摊在书桌上，从被子里探出头，动起笔来。可结果只不过是把二三十张稿纸揉作一团，没能写成一篇文章。我筋疲力尽，死了写小说这条心，又从床上爬起来，准备像当初想的那样把画册卖出去，在买主和书店之间赚点回扣。

我问了几个人，最后买走画册的是同学本田。我把卖得的钱中的几分之一给了旧书店老板，剩下的私吞下来成了我两个月的饭钱。本田是神户的富家公子，买了很多书却不看一页。

这套画册让我挣到了两个月的饭钱。回头想想，虽然我没能写出什么东西，但想要写一篇流浪画师云游记的欲望却让我悬崖勒马，没有彻底滑向心无所依的放荡生活的深渊。

当时的我真是站在了悬崖边上，差一点就掉下深渊，自暴自弃。我总觉得自己反正成不了大器，便要随便把自己抛弃，危险至极。

这种心情却因对百年、或许数百年前一个奥羽云游者心境的揣摩而得以释放。当时我遭遇了严重的心理危机，正是有了驿道图，才没有被危机吞噬。

我甚至觉得，在十和田湖水源那荒凉山野徘徊的不是驿道图作者，而是我自己。

我第二次拿到《陆奥州驿道图》是在十几年后，二战刚刚结束的时候。那时我依旧穷困潦倒，公司受战争影响而倒闭，我被迫到尼崎的军需工厂干了几个月的重体力活，等战争结束，身体已经累垮。

一家老小需要我养活，真是困苦不堪。战争期间我把妻儿送到老家避难，一个人住在尼崎工厂的宿舍。战争一结束宿舍就关闭了，一时间我没了工作也没了住处，苦不堪言。

我拖着累垮的身体，没有固定收入，又要养家糊口。雪上加霜的是老家的哥哥嫂子和我妻子闹僵，要我们一家搬走，那时真是到了山穷水尽的地步。

于是，我当起了掮客，替人跑跑腿，拿到一点钱就去邮局寄给妻儿，身心俱疲。被从工厂宿舍赶出来之后，我在熟人家里借了块杂物间大小的地方，铺上草席权作落脚处。一天晚上，我躺在那里，在杂乱的思绪中想起了《陆奥州驿道图》。

当时，头脑发热的我神明启示般闪过一个念头：要是朋友本田没有转手，书应该还在他手里，可以把它买回来再高价卖出。

我脑子里浮现出可能买书的几个人，最后把目标锁定在一个姓安永的人身上。他是个三流公司的老板，手头宽绰，平时喜欢重金收集一些无聊的美术作品。我想，画册应该能在他那里卖个好价钱。

大学时代的朋友本田现在在一家保险公司当科长。我去了他在芦屋的家，商量买回《陆奥州驿道图》。他二话没说就痛快答应了。看样子，他对《陆奥州驿道图》并无迷恋，甚至多半已经忘了这套大学时买到手却没派上任何用场的书。我跟他说好以两千日元买回，书款后付，于是便先把书带了回来。而安永那边，我谈好两万日元出手。

时隔十几年，我又重新翻开画册，上次是在青年时代狭小的出租屋里，现在则是在寒气逼人的储物间地铺上。

那晚，我夜不成寐。曾经在脑海中想象过无数次的流浪画师的凄凉身影又穿越时光回到眼前。这次让我无法安睡的是这样一个疑问：流浪画师到了下北半岛的大畑，完成旅行日记的最后一页之后去了哪里？此时，似乎初衷难改，我非常想尝试写小说。我平时疲于生计，没读过小说，也不知道该怎么写，但很想从年轻时考虑的不同角度，写一写《陆奥州驿道图》作者在作品完成之后的故事。

我想，驿道图的作者走到大畑之后莫非哪里也没去？我无法想象走过漫漫旅途的他会原路返回。

“前路已尽，投水。”我脑子里首先想到了小说的最后一句。这应该是他的最后一句遗言，也许不是最后一句，而是遗言的全部。

《陆奥州驿道图》的作者走到大畑，如图中所画，前路已尽，他大概不会再折回走过的长路了。他会离开道路，走到初冬的海边，看着北海特有的波涛荡漾的黑暗潮水，一步步走向前去，走向大海。我觉得他就是以这种方式投身大海的。如同浸泡在浴缸中一般，他慢慢向大海走去，也许还会擦一把脸，然后继续沿脚下的斜坡往深处迈步，最后消失在潮水之中。我就是这么想象的。

从初秋到初冬，流浪画师沿着陆奥州驿道边走边画，对于大畑之后的情景，我只能如此想象。

说到底，这驿道图每一页打动读者的，画册中显露出的沉甸甸的分量，也正在于此。

之后半个月，虽然急等用钱，我还是一天天拖着，迟迟不舍得把画册拿去换钱。

我知道家人等米下锅的期盼心情，忍受着内心的煎熬。为了减少饥饿感，白天我也尽量躺着，翻看《陆奥州驿道图》，苦苦构思小说。

然而，结果和上次一样，我没能写出一页东西。脑子里清晰浮现出流浪画师的神情，体会他的内心感受，甚至能感觉到他的眼神和步伐，但我却不知如何表达。

窝在家里半个月，我只是在薄薄的笔记本的角落里，记下了最初浮现在脑海中的那个短短的句子："前路已尽，投水。"

现在回想起来，也许正是因为那碌碌无为的半个月，我才能活到今天。自尽的也许不是流浪画师，而是我自己。当时我实在太累了，生计、筹钱、家人、呼吸，甚至活着本身都让我疲惫不堪。走投无路、投水自尽的与其说是流浪画师，不如说是我自己。我想，我是在翻阅画册的过程中，把死亡的命运转到了那流浪画师身上，从而鞭挞自己疲惫的身心，重新生出活下去的勇气。

以后每次回想起自己头脑发热想要转卖画册这件事，便觉得有趣。那四册驿道图与其说是缺钱时的救命稻草，不如说是我这个筋疲力尽的人生失败者的心灵安慰。

我终究还是放弃了写小说，把画册拿给安永，以买得时十倍价钱出手，从而得到了一家人两个月的生活费。

卖给安永的四册《陆奥州驿道图》再次回到我手里是在之后第六年，也就是一个半月前。

这一次，幸好（虽然这么说不合适）安永破了产，我花了几个小钱就从他那儿买回了画册，心想可以再找个买家卖出去，从中得点好处。

但是，即使我也想从中得到好处，内心却还有种愿望，那就是时隔许久再去翻一翻驿道图中的那几十张画，触摸一下已经存留在我记忆中的东北旧时风景，包括里面的一草一木。当时我的本意是既想挣钱，也想顺便看看驿道图，但倘若探究，我想那一刻驿道图便是我心灵的外化吧。

现在我仍是个没有前途的下等公吏，家境贫寒，但孩子们已经健康成长，无论家庭还是生活，比起当年的不幸都要好了一些。

不过，大概您也能从我以前的行为看出端倪。从前的毛病让我沾染了恶习，就是喜欢把公款挪用在不该用的地方，所以到了今天这个下场也是自作自受。

由此带来的精神上的不安让我难以忍受。我的人生就算被社会抛弃也不足为惜，可等待结局却实在令人难堪。若是把我自己的蠢事详细说出来，只会扰了您的清静，就不多言了。

事发后我多少觉察到自己的危险和动摇，为了让周围的议论平息下来，我去妻子娘家纪州的木本町暂住，并带上了从安永那里买回的四册《日本国东山道陆奥州驿道图》。不可思议的是，这次翻开它，我觉得已经和自己毫无关系。与当年人生的痛苦不同，现在充满我内心的是混乱的不安和恐惧，这种心情甚至让我失去了对驿道图曾经有过的迷恋。翻着画册，我也是心无所依、心情灰暗。如此一来，这世上已经没有什么能让我感到安慰了。

要说现在自己面对驿道图还有什么想法的话，那就是想站在东北驿道的某个地方去看一看。如果图中那些山丘、人家、原野、道路、河流、小桥、树木现在还在，我真想置身其中，看看那安详谦和的风景。我已经想象不出流浪画师的身影。我翻着画册，想象站立其中的人，只有自己无处可去的落魄凄凉模样。

我在木本町想到您或许会买下，就寄出了这四册画册。当时我想先寄画册，回头再跟您商量书款，但寄出之后，形势所迫，我要立刻离开木本町，因此无心给您写信，之后辗转各地，直到今天才有时间坐下来写这封信。

到了今天，就算从您处得到些许书款也已无济于事，所以，我改变了想法，想把四册驿道图送给您，而不是卖给您。如果您能收下这份同乡的情谊，我将不胜荣幸。

啰啰唆唆写了这么多，如果能对您的写作有所帮助，我会喜出望外。如果您能以某种形式把驿道图作者写进小说，我将翘首期盼有朝一日拜读。

与想象驿道图作者投水自尽那时不同，现在我已经不会把那种阴郁的想法和自己联系到一起，这一点请您不必挂心。

如此疲倦却不想去死，真是疲倦不堪啊。是的，我不想死，只想好好睡上一觉。我已经很多天夜不成寐了。

曾经有过一段日子，我脑子里想象着驿道图作者的身影安然入睡，现在想起当年的不幸真是感慨万千。现在我躺在床上闭上眼，努力想让自己睡着，疲倦的大脑里想象的都是女人的肉体，不是某个特定的女人，而是非常抽象的。像当年想象道路尽头下北半岛的海潮起伏一样，我专心想象着白皙柔软、富有弹性和香气的肉体，双乳、胸脯、大腿——那白色的丘陵、斜坡和山谷一片模糊，就像一片白色肉体在扩展，像雾一样盖上我的脸，简直令人窒息。我在白雾中无法呼吸，觉得快要窒息了，却感觉不到痛苦，于是便把脸埋进那白雾般的肉体中去。

所谓入眠，大概就是寂寞休息的这一瞬吧。抱歉写了很多无聊的东西，扰了您的清静，就此搁笔。

图书在版编目（CIP）数据

楼兰 /（日）井上靖著；赵峻译．--2 版．-- 北京：北京十月文艺出版社，2021.8（2025.1 重印）
ISBN 978-7-5302-2174-7

Ⅰ．①楼… Ⅱ．①井… ②赵… Ⅲ．①历史小说－小说集－日本－现代 Ⅳ．①I313.45

中国版本图书馆 CIP 数据核字（2021）第 138355 号

著作权合同登记号　图字：01-2021-2823

楼兰
LOULAN
[日] 井上靖 著
赵峻 译

出　　版　北京出版集团
　　　　　北京十月文艺出版社
地　　址　北京北三环中路 6 号
邮　　编　100120
网　　址　www.bph.com.cn
发　　行　新经典发行有限公司
　　　　　电话 (010)68423599
经　　销　新华书店
印　　刷　北京中科印刷有限公司
版　　次　2021 年 8 月第 2 版
　　　　　2025 年 1 月第 3 次印刷
开　　本　889 毫米 ×1194 毫米　1/32
印　　张　8
字　　数　152 千字
书　　号　ISBN 978-7-5302-2174-7
定　　价　49.00 元
质量监督电话　010-58572393
如有印装质量问题，由本社负责调换